文庫書下ろし／長編時代小説

# 本所騒乱

剣客船頭(八)

稲葉　稔

光　文　社

この作品は光文社文庫のために書下ろされました。

『本所騒乱』目次

中堂
寛永寺
不忍池
弁天
之端町
黒門町
下谷広小路
下谷長者町
神田大明神
御徒町
三味線堀
阿部川町
阿部川
月町
東本願寺
花川戸町
吾妻橋
源森川
源兵ヱ橋
中之郷瓦町
雷門
広小路
田原町
並木町
竹町ノ渡
三間町
浅草駒形堂
堀田相模守
業平橋
小梅村
駒形町
諏訪町
松倉町
蔵前
御蔵前通り
黒船町
北割下水
御厩河岸ノ渡
三筋町
旅籠町
森田町
片町
御米蔵
石原町
吉岡町
内藤山城守
法恩寺橋
甚内橋
稲荷橋
天王町
大川
外神田
柳原
神田仲町
相生町
佐久間町
佐久間河岸
本所
長崎橋
御竹蔵
三笠町
南割下水
昌平橋
神田川
和泉橋
新シ橋
浅草御門
浅草橋
柳原通
柳橋
同朋町
筋違橋
内神田
両国広小路
大横川
お玉ケ池
江川町
両国橋
回向院
亀沢町
二ツ目之橋
三ツ目之橋
入江町
鍛冶町
岩本町
油堀
馬喰町
米沢町
難波橋
薬研堀
本所尾上町
門前町
松井橋
竪川
通油町
小伝馬町
汐見橋
千鳥橋
栄橋
一ツ目之橋
松井町
山城橋
常盤町
弥勒寺橋
南辻橋
鉄砲町
大伝馬町
今川橋
久松町
六間堀
五間堀
菊川町
御船蔵
深川六間堀町
新乗物町
葺屋町
浜町堀
新大橋
御籾蔵
神明社
南六間堀町
深川元町
芝翫河岸
猿江橋
常盤橋
本船町
室町
松島町
万年橋
小名木川
高橋
海辺大工町
新高橋
江戸橋
思案橋
川口橋
海辺大工町
日本橋
日本橋川
行徳河岸
行徳川
上之橋
通町
南茅場町
永久橋
箱崎橋
海辺橋
深川
楓川
北新堀町
今川町
仙台堀
八丁堀
湊橋
材木町
深川万年町
南新堀町
永代橋
新川
霊岸島
豊海橋
亀久橋
京橋
亀島橋
佐賀町
黒江町
平野町
蛤町
竹河岸
弾正橋
中ノ橋
高橋
熊井町
中島町
永代寺
富岡八幡宮
八丁堀
稲荷橋
三十三間堂界隈
木場
木挽町
大島町
蛤町
蓬莱橋
石川島
越中島
洲崎
北

## 主な登場人物

**沢村伝次郎**　元南町奉行所定町廻り同心。辻斬りをしていた肥前唐津藩士・津久間戒蔵に妻や子を殺害される。その上、探索で起きた問題の責を負って、自ら同心を辞め船頭になる。船頭のかたわら、仇である津久間を探し続けていたが、先日、ついに本人を見つけ、悲願の仇を討つ。

**千草**　伝次郎が通っている深川元町の一膳飯屋「めし　ちぐさ」の女将。伝次郎に思いを寄せている。

**音松**　伝次郎が同心時代に使っていた小者。元は掏摸だったが伝次郎のおかげで更生し、伝次郎に恩義を感じている。いまは深川佐賀町で女房と二人で油屋を営んでいる。最近、伝次郎の探索に手を貸してくれるようになる。

**酒井彦九郎**　南町奉行所定町廻り同心。伝次郎の同心時代の元上役。津久間戒蔵探しのために骨を折ってくれていた。伝次郎に、以前から探索の助をしてくれないかと相談している。

---

**広瀬小一郎**　本所見廻り同心。伝次郎が町方のときからの顔見知り。船頭をやっている伝次郎を、静かに見守っている。

**甚兵衛**　本所見廻り同心・広瀬小一郎の手先。

**善太郎**　本所見廻り同心・広瀬小一郎の手先。

**小平次**　深川六間堀町、中橋のそばの船大工。

**与市**　船宿「川政」の船頭頭。

**角右衛門**　柳橋にある料亭「竹鶴」の主。利兵衛から再三店を買いたいと言われている。

**嘉兵衛**　伝次郎に川のことを教えた船頭の師匠。襲われた伝次郎の身代わりになって刺されて亡くなる。

◆

**利兵衛**　以前、大坂で米相場で儲けて、江戸へ戻ってきた謎の商人。柳橋を江戸一番の花街にしようと画策している。伝次郎の腕を見込んで仲間になるよう以前からしつこくつきまとう。

**精次郎**　利兵衛と行動を共にしている子飼いの者。以前、博徒一家にいた。

剣客船頭(八)

# 本所騒乱

# 第一章　新居

一

人々の楽しそうな笑い声、三味線と琴《こと》の静かな合奏、酔った女たちの嬌声《きょうせい》、そして、鳥の声……。

緋毛氈《ひもうせん》や茣蓙《ござ》を敷いての花見。膝許《ひざもと》には玉子焼きに煮染《にし》め、鯛《たい》の姿焼き、海老《えび》や鱚《きす》の天麩羅《てんぷら》、香《こう》の物などの馳走《ちそう》を配した弁当が広げられている。

瓢《ひさご》を傾けての酒盛り。

ここは向島墨堤《むこうじまぼくてい》。一年でもっとも賑《にぎ》わう花見の時季である。うららかな陽光の下、満開の桜が頭上を覆《おお》いつくさんばかりに咲き誇っていた。

土手にも河原《かわら》につづく斜面にも、花見客がひしめきあっている。侍《さむらい》もいれば、職人もいるし、芸者をしたがえた商人、子連れの夫婦、長屋の仲間……。

利兵衛《りへえ》は賑わっている墨堤の片隅で、精次郎《せいじろう》と向かいあって盃《さかずき》を傾けていた。片隅といっても、目の前には立派な桜の木があるし、陽光にきらめく大川《おおかわ》を上り下《くだ》りする舟を眺めることができた。

膝許に本所入江町《ほんじよいりえちよう》の料理屋で作ってもらった重箱を広げていた。

「八代様《はちだい》もよいことをされた」

利兵衛はしみじみとした口調で、柔和《にゆうわ》な目を大川に向けた。八代様とは、八代将軍・吉宗《よしむね》のことである。

「こうやって江戸のものたちが、存分に楽しめる場をお造りになったのだからな」

墨堤の桜の木は、吉宗の命《めい》によって植えられたのである。

「まったくで……」

応じる精次郎は煮染めを頬《ほお》ばった。

「それに、ここは上野《うえの》よりずっといい。あちらは鳴り物が禁じられているから、湿っぽくていけない。その点、ここはどうだね」

利兵衛は歌にあわせて踊りはじめた花見客に目を向けた。顔を赤くしたまわりのものたちが、手拍子を打ちながら囃《はや》し立てている。いきおい、ぴーひゃらと笛が吹かれ、三味線が弾かれはじめた。

「歌おうが踊ろうが勝手気ままに振る舞える。夜桜も楽しめるし、酒の勢いでそのまま吉原《よしわら》に繰りだすこともできる」

「上野は暮れ六つ（午後六時）を過ぎると追いだされますからね」

「それに、八代様はわたしにとっては神様みたいな人。米相場を操って改革をされた方だからね。そして、わたしも同じ相場で、儲《もう》けさせてもらった」

吉宗は米価下落を防ぐために、空米取引を公認し、米相場を安定させるために買米令をだし、米の公定価格を設定して米価を引き上げるなどの政策を実施した。もっとも、思惑どおりにはいかなかったのではあるが。

「それじゃ旦那は、八代様の真似をされたと……」

精次郎が苦み走った顔を向けてきた。

「なにをいう。八代様がお亡くなりになったのは、遠い昔のことだ。ただ、米将軍と呼ばれた人だから、あやかっているだけだよ。もっとも相場からは手を引きはした。

利兵衛は盃を口許で止めた。舞い散っている桜のひとひらが盃に浮かんだからだった。

「ああ、春はいいねェ」

「それにしても栄助《えいすけ》の野郎、遅いですね」

精次郎が思いだしたように、墨堤の南のほうへ顔を向けた。

「じき、やってくるだろう。日はまだ高いんだ。焦《あせ》ることはない」

精次郎が口にした栄助というのは、種《たね》（情報）屋だった。武家言葉でいうなら密偵《みってい》であろうか。精次郎は以前、上野山下に縄張りを持つ、捨場《すてば》の鉦蔵《かねぞう》という博徒《ばくと》一家に身を置いていた男だった。

そのとき、敵対する博徒や取り締まりをする町奉行所の動きを綿密に調べあげていたのが、栄助だった。鉦蔵もその栄助のおかげで、何度も難を逃れていた。

誰かその筋を調べる器用なものがいないだろうか、と利兵衛がいったとき、精次郎が栄助のことを思いだしたのだった。

もっとも、利兵衛は栄助がどれほどのはたらきをしてくれるか皆目《かいもく》わからない。

精次郎の言葉を信用しているだけである。

利兵衛は花びらの浮いた酒を飲みほして、大川に目を転じた。帆をたたんだ高瀬《たかせ》舟《ぶね》が下ってゆき、ひとりの客を乗せた猪牙舟《ちょきぶね》がゆっくり川を上っていた。

（いったいどういう素性の男だ……）

利兵衛の頭に船頭・伝次郎《でんじろう》の姿が浮かびあがった。逞《たくま》しい体に、強情《ごうじょう》そうな芯の強い顔をしている。ただの船頭ではないと思っていたが、やはりそうだった。

二月《ふたつき》ほど前、利兵衛は柳橋《やなぎばし》の舟着場で、ひとりの浪人と斬り結んだ伝次郎を見ていた。偶然通りがかって目にしたのだが、河岸道《かしみち》には町奉行所の同心《どうしん》たちの姿もあった。

だが、彼らは伝次郎にまかせていた。浪人は卑怯《ひきょう》にも女を人質に取っていたが、伝次郎は怯《ひる》むことなく浪人を斬り捨て、女を救った。

利兵衛が目をみはったのは、そのあとのことだ。浪人を斬り捨てた伝次郎は、あとの始末を同心らにまかせ、そのまま女を乗せて去ったのだ。

通例ではあり得ないことである。同心らは真昼の刃傷沙汰《にんじょうざた》を咎《とが》めもせず、浪人を斬った伝次郎を調べもしなかった。

大坂《おおさか》から江戸に戻ってきた利兵衛には野心があった。そのために力になる人間を必要とした。まずは精次郎を身近に置くことにした。博徒崩れだが、目端《めはし》が利《き》くし、そばに置いておけば魔除《まよ》けになるような男だ。

知り合ったのは江戸に戻ってきてすぐだったが、義理堅さと信用のおけそうな人柄を見込んで手駒《てごま》にしたのだ。酸《す》いも甘いもいやというほど経験してきた利兵衛には、人物を見極める眼力があった。

しかし、伝次郎という人間は謎《なぞ》である。当初は腕を見込んで接近した。そのために、腕を試しもした。さらに金で釣ろうとしても動かないし、人を寄せつけようともしない。

そんなことは初めてだった。たいていの人間には欲がある。金をちらつかせれば、すぐに食いついてくる。あるいは警戒心を強くする。

伝次郎は後者のほうだろうが、少し意味合いがちがう。利兵衛のことを歯牙《しが》にもかけないふうなのだ。そのことが、かえって利兵衛の興味を引くのだった。

そして、もうひとつわかっていることがある。伝次郎を味方につけておけば、必ずためになるということだ。絶対敵にまわしてはいけない人間である。

だから、

(なんとしてでも伝次郎を味方につけよう)

という心理がはたらいているのだった。

「旦那、やっと待ち人がやって来ましたよ」

精次郎の声で、利兵衛は我に返った。土手道をきょろきょろしながらやって来る、栄助の姿が見えた。

二

「ここでしたか」

土手を駆け下りてきた栄助は、顔の汗を押さえながら利兵衛と精次郎に会釈《えしゃく》をして、緋毛氈に座った。縞木綿《しまもめん》に小倉《こくら》の角帯《かくおび》という、その辺の遊び人ふうのなりだ。それでも年は三十半ばだろう。相手に警戒心を与えない、人なつっこい顔をしている。

「それで調べはすんだのかい?」

精次郎が聞く。

「へえ、もうすっかり調べあげましたよ」

栄助は得意そうな顔をして、重箱の馳走と酒をほしがる目をした。それと気づいた利兵衛が、好きにやればいいというと、相好《そうごう》を崩して箸《はし》を持った。

周囲では酔っ払いの笑い声が大きくなっていた。

「それにしても、ずいぶん待たせやがったな」

精次郎の言葉は、少し咎め口調だった。無理もない。利兵衛が調べの依頼をして一月《ひとつき》がたっているのだ。

「それだけ、むずかしい調べだったということです。最初は、二、三日もありゃいいだろうと高《たか》を括《くく》ってたんですが、とんでもありません」

栄助は玉子焼きをもぐもぐやり、酒をあおった。

「早速教えてくれないか」

利兵衛が催促すると、栄助はもう一杯酒を飲んでから報告をはじめた。

「どうにもわからないと思っていたら、あの船頭は元は御番所《ごばんしょ》の同心でした。それも定町廻《じょうまちまわ》りです。ところが、四年ほど前に、粗相《そそう》をしたようで、てめえのほうから役目を退《ひ》いたらしいんです」

「粗相とは？」

利兵衛は正面から栄助を眺めた。

「辻斬りをやらかしていた下手人を追い詰めたのはいいんですが、場所が悪かったんです。偉い大目付《おおめつけ》の屋敷だったからです。それに、その下手人は肥前唐津《ひぜんからつ》藩の勤《きん》番侍《ばんざむらい》だったといいます。まあ、その辺の詳しいことはわかりませんが、あとから考えりゃ御番所の仕事じゃないし、大目付の屋敷で騒動を起こせば無事にはすみません。案の定、町奉行もこっぴどくお叱りを受けたといいやす。そのことで、伝次郎って同心が身を引くことで、一件に片をつけたようです。そうそう、ほんとうの名は沢村《さわむら》伝次郎ってんです」

「沢村伝次郎……」

「へえ、さようで。しかし、可哀想《かわいそう》なことに、御番所をやめた日に、伝次郎は家のものを殺されてんです。女房と倅《せがれ》、そして雇っていた小者《こもの》と中間《ちゅうげん》もです。その下手人は、伝次郎が大目付の屋敷で取り逃がした野郎です。津久間戒蔵《つくまかいぞう》という男です」

「すると、あのときの……」

利兵衛は精次郎と顔を見合わせた。柳橋の一件は、瓦版《かわらばん》にも載らなかったし、高札も立てられなかったのだった。しかし、伝次郎が斬り捨てた浪人の名は、それとなく自身番で聞いていたのだった。

「剣術の腕は並じゃないそうですよ。なんでも一刀流《いっとうりゅう》を極めているらしく、御番所内で右に出るものはいないほどだったといいやす。船頭になったのは御番所をやめたあとで、嘉兵衛《かへえ》という船頭から手ほどきを受けていやす。その嘉兵衛って船頭は、殺されちまったようですが……」

「殺されたというのは……」

「その辺のことはよくわからないんですが、なんでも伝次郎を庇《かば》って殺されたとかって話です。その下手人のことまでは……いえ、調べろとおっしゃるなら調べますが……」

「まあ、それはいい。それで、他にわかっていることは？」

「付き合いは多くないようです。御番所の同心たちともあまり会わないようだし、昔使っていた手先《てさき》とも会っていないようです。付き合いがあるのは、高橋《たかばし》の川政《かわまさ》って船宿の人間ぐらいでしょうか。それから、深川元町《ふかがわもとちょう》の飯屋を贔屓《ひいき》にしていやす。女将《おかみ》は千草《ちぐさ》ってんですが、これが小股の切れ上がったいい女でしてねえ」

栄助はさも楽しそうな笑いをしてつづける。

「その女将、どうも伝次郎といい仲のようで、客の間でもちょっとした噂になっているようです」

「千草……」

利兵衛にはぴんと来た。何度か見ている女だ。

「まあ、根掘り葉掘りってわけにゃいきませんでしたが、元御番所の同心だったんで、調べるのに一苦労しやしたよ」

「わかったのはそれだけか」

精次郎が不服そうな顔を栄助に向けた。

「いや、もう十分だ」

利兵衛はそういって、酒に口をつけた。

伝次郎という男のことが、なんとなくわかった。不幸を背負った男だ。そして、潔《いさぎよ》くもある。おそらく金では転ばないだろう。

(転ばすとすれば……)

考える利兵衛は、晴れわたっている春の空を見あげた。伝次郎が元町奉行所の人間だというのはどうでもいい。いまは、ただの浪人船頭なのだ。だが、あのまま一介の船頭にしておくにはもったいない。

町奉行所の定町廻り同心だったのだから、度胸もあれば、機転も利くはずだ。さらに、剣の腕は並大抵ではない。やはり、味方につけるべき人間だ。

(さて、どうやって仲間に引き入れるか)

利兵衛は伝次郎の顔を思い浮かべる。一筋縄《ひとすじなわ》ではいかない顔貌《かお》だ。嘘《うそ》をつけばすぐに見破るだろうし、おべっかも通用しないだろう。

「それにしても旦那、大坂ではずいぶん儲けたらしいですね。米相場をやってたんですって……」

考えにふけっていると、栄助が声をかけてきた。

利兵衛は栄助をにらむように見た。

(この男、ついでにおれのことも調べたのか……)

「いえ、ちょいと耳にしただけです。お気に障《さわ》りましたら、どうかご勘弁を」

栄助はばつが悪いという顔で、ぺこりと頭を下げた。

「気にすることはない」

「それで、旦那どうします？」

精次郎が顔を向けてきた。

「どうもこうもない、あの船頭を仲間にしたいだけだよ」

三

伝次郎はそれまで世話になった芝𩋙河岸《しかんがし》の舟着場を離れ、六間堀《ろっけんぼり》に猪牙を乗り入れた。櫓《ろ》を使ってゆっくり川を上る。幅六間の川は、大川と並行するように小名木《おなぎ》川《がわ》と竪川《たてかわ》を南北につないでいる。

ぎっし、ぎっし、と櫓が小さな軋《きし》みをあげる。猪牙のかきわける水が小さなうねりを作り、春の空を映す川面《かわも》を乱す。舟には風呂敷包みと柳行李《やなぎごうり》が積んであり、愛刀・井上真改《いのうえしんかい》をくるんだ菰《こも》が足許に置かれていた。

引っ越しである。考えがあって十日ほど前に、新居を決めていた。それまで住んでいた深川常盤町《ときわちょう》一丁目の惣右衛門店《そうえもんだな》の連中への挨拶《あいさつ》もすませ、またいろいろ世話をしてくれた高橋の船宿「川政」の主《あるじ》・政五郎《まさごろう》以下の船頭たちにも引っ越しの旨を伝えていた。

川政とはこれからも長い付き合いであるが、主の政五郎は、

「おめえもいよいよ腹を据えたか……」

と、にやりと口の端《は》に笑みを浮かべた。

伝次郎は勘違いしていると思ったが、敢《あ》えてなにもいいはしなかった。この先のことは自分にもわからないので、安易に否定や肯定ができなかっただけでもある。

堀川《ほりかわ》の両側には町屋が並んでいるが、五間堀《ごけんぼり》との合流地点を過ぎると、武家屋敷の長塀や要津寺《ようしんじ》の門前町に変わってくる。武家屋敷の塀越しに、ほころんでいる辛夷《こぶし》の白い花が見えた。木蓮《もくれん》の蕾《つぼみ》が開きかけてもいた。

伝次郎は腹掛け半纏《ばんてん》に、股引《ももひき》、そして足半《あしなか》といういつもの姿だ。頭には千筋《せんすじ》の手拭いをきりりと巻いていた。

やがて、舟は東六間堀河岸の北、山城橋《やましろばし》のたもとにつけられた。そこが新しい伝次郎の舟着場となる。山城橋は本所松井町《まついちょう》一丁目と二丁目に架かる橋である。その先の竪川口には、松井橋が架かっている。

「旦那……」

河岸場の上から声をかけてきたのは、音松《おとまつ》である。引っ越しの手伝いに来ているのだった。音松は、伝次郎が町奉行所時代に使っていた小者だった。いまは深川佐《さ》賀町《がちょう》で女房と二人で油屋を営んでいる。小さいながらも商家の主なのだが、店はほとんど女房のお万《まん》にまかせきりだ。

「荷をこっちへ」

伝次郎が舟をつなぎ止めると、音松が岸辺から手をのばしてきた。

「すまねえな」

伝次郎は大きな柳行李をわたし、自分は風呂敷包みと刀をくるんだ菰を持って、川岸にあがった。

「これで、全部ですか？」

「ああ、もう終わりだ。独り身だからこんなもんだ」

伝次郎はそういって、新居のある松井町一丁目に向かった。町の南側にある通りは、武家屋敷ばかりで板塀がつづき、その途中に冠木門《かぶきもん》や木戸門がある。伝次郎は途中の路地を右に折れて新居である長屋に入った。

棟割《むねわり》長屋ではあるが、各家の造りは広くなっている。これまでの九尺《くしゃく》二間《にけん》の長屋とちがい、各戸は戸口を入ると、一畳ほどの三和土《たたき》を兼ねた土間があり、その横が流しと竈《かまど》のある台所となっている。

そして、四畳半が手前に、その奥が六畳の間となっていた。伝次郎は日あたりもよいし、奥の間の先に濡《ぬ》れ縁《えん》があり、小庭があるのを気に入った。

ひとり住まいには贅沢《ぜいたく》かもしれないが、それは考えがあってのことだ。むろん、その考えどおりになるかどうかはわからないことだが、それはそれでよいと思っていた。

「旦那、行李は奥でいいんで……」

「その辺に置いてくれ。あとは勝手にやる。わざわざ、すまねえな」

「水臭いことといいっこなしです。どうせ暇をもてあましてる身ですから……」

へへと、嬉《うれ》しそうに笑って、音松は奥の間であぐらをかいた。

その間に、伝次郎は奥の雨戸を開けた。あかるい光が家のなかを満たした。小庭には雑草に混じってひとかたまりの蒲公英《たんぽぽ》と、日陰に遠慮がちに咲く水仙《すいせん》の花が見られた。

「旦那、これで一段落ですね。茶簞笥《ちゃだんす》も米櫃《こめびつ》もそして、火鉢も揃《そろ》っていやす。あとは箪笥をこっちに……」

音松は壁際のあいている空間を眺めていう。

「箪笥は当面いらぬさ」

「そんなことないでしょう。まさか、ひとりで住むためにここに越してきたんじゃ……」

「音松、ありがとうよ。おまえに世話になるとは思いもしなかったが、感謝する」

伝次郎は音松の言葉を遮《さえぎ》って礼をいった。土間からの上がり口に、化粧樽《だる》が置かれていたのだ。音松からの引越し祝いである。

「なんの、ほんの気持ちです」

「せっかくだ。早速あけて飲むか」

「よろしゅうございますねえ」

音松が丸みのある顔をほころばせる。

伝次郎は化粧樽をあけて、二つのぐい呑《の》みに酒を注《つ》いだ。戸口から裏庭へ爽《さわ》やかな風が吹き抜けてゆく。

「では……」

伝次郎がぐい呑みを掲げて口をつければ、

「これからもよろしくお願いいたします」

と、音松もぐい呑みに口をつけた。ぷはっ、うめえな、と首を振ってうなる。その様子を伝次郎は微笑ましく眺めた。

「旦那、船頭仕事をつづけるんですね」

音松が真顔を向けてくる。

「おれにはそれしかないからな」

「……勿体《もったい》ねえ」

音松はぐい呑みを膝の上で包み込んで首を振り、正面から伝次郎を見た。

「正直にいっちまいますが、じつは酒井《さかい》の旦那に、それとなく聞いてくれっていわれてんです」

「その先はいわなくていい。おそらく、そういうこともあろうかと思ってたんだ。誘いは受けねえ。酒井さんにはそういっておけ」

酒井とは、南町奉行所の定町廻り同心である。伝次郎のかつての上役《うわやく》同心だ。

「いいんで……」

「なんといわれようと、おれはその気にはならねえ。わかったな」

「……へえ」

音松は残念そうな顔でうなずいた。こうと決めたらてこでも動かない、伝次郎のことをよく知っているので、音松は黙り込むしかない。その様子を見ていると、わずかながらも気の毒な気もする。伝次郎は言葉を足した。

「おまえは町方《まちかた》の手先仕事をやめた男だ。そして、いまは油屋の主だ。おれもおまえと同じで、町の船頭だ。余計なことは考えねえで、いまの仕事をやるだけだ。わかってくれ」

「へえ、そりゃあもう。ですが酒井の旦那も、松田《まつだ》の旦那も、そして中村《なかむら》の旦那もなんとかしたいといってくれてんです」

「気持ちはありがたいが、どうあがいたって御番所に戻ることはできねえんだ。おれもその気はないし、いまの自分に不満はない。それ以上はいうな。その話は終わりだ」

「わかりやした」

「おい、音松。つまらなそうな顔するんじゃねえ。せっかくのおれの引っ越しが湿《しめ》っぽくなるじゃねえか。さあ、飲もう」

伝次郎はすっかり板についた職人言葉で、音松に酒を勧めた。

それから小半刻《こはんとき》（三十分）ほど酒を飲みながら、世間話にうつつを抜かし、すっかり心地よい顔で音松は帰っていった。

ひとりになった伝次郎は、あらためて新居を眺めた。所帯道具は少ない。独り暮らしをするにはもったいない広さである。音松がいったように簞笥もなければ、枕屏風《びょうぶ》で囲っている布団も一組しかなかった。

もし、二人暮らしをするとなれば、茶簞笥や着物簞笥もいるだろうし、台所道具や器類も増やさなければならないが、それは先のことだ。以前、住んでいた八丁《はっちょう》堀《ぼり》の屋敷とは、大ちがいだが、伝次郎はその新しい住まいを気に入っていた。

日が西にまわり込み、裏庭にかすかな夕日が射《さ》しはじめた頃、下駄音がして戸口にひとりの女があらわれた。

# 四

戸口に立ったのは千草だった。手折《たお》った桜の束を持ち、風呂敷包みをさげていた。横顔があわい西日を受けて、肌理《きめ》の細かい肌を浮き彫りにしていた。

「お邪魔《じゃま》しますよ」

「ついさっき、音松が帰ったばかりだ。二人で酒を飲んでいてな。それは……」

「花見に行った徳《とく》さんが、店にといって持ってきてくれたんです。飾りきれないから、この家にもと思いましてね。あら、ほんとうに心持ちのよい顔をしてますわ」

千草は風呂敷包みをほどきながら、伝次郎を見て微笑《ほほえ》んだ。

「ああ、いい酔いだ。ほう、ここで花見ができるじゃないか」

伝次郎は千草の動きを見ながら口許をゆるめた。千草が風呂敷に包んでいたのは、しぶい壺だった。それに水を入れ、桜の枝をさした。

見事な活《い》けようで、青い畳によく映えた。

「いい香り」

桜を活け終えた千草は、白い首筋を見せてうっとりした顔をした。張り替えた畳の匂いをいっているのだ。伝次郎は引っ越しにあたって、畳を張り替え、立て付けの悪くなっていた戸障子《としょうじ》を修理し、濡れ縁の羽目板も新しいものにしていた。

「やっぱり新しい畳はいいですわね」

「その畳に、桜がよく似合う」

伝次郎が満悦《まんえつ》の顔をすれば、千草も嬉しそうに微笑み、

「今日は店を休むことにしました。伝次郎さんの引っ越しの祝いをしたいと思って」

と、いたずらっぽく首をすくめる。他の客には絶対に見せない仕草で、こんなときの千草には乙女のような初々《ういうい》しさを感じる。

「無理をしなくてもいいのに」

「無理じゃありませんよ。わたしがそうしたいだけ」

千草が膝をすって近づいてきた。

「こんなときぐらいしか、いっしょに過ごせないじゃないですか。どこか気の利いた店でゆっくりお酒でも飲みたいんです。いいでしょう」

「おまえさんがいいなら、いっこうにかまわねえさ」

「じゃあ、決まりね」

千草は手を打ち合わせて微笑んだ。

家を出たのはそれから間もなくのことだった。日は沈もうとしていたが、町中は暮れてよいのか、もう少し留《とど》まっているべきかわからない、どっちつかずの光に包まれていた。それでも竪川沿いの道を辿《たど》り、一ツ目之橋《ひとつめのはし》をわたって本所尾上町《おのえちょう》に入ると、料理屋や居酒屋の軒行灯《のきあんどん》が薄闇に目立つようになった。

二人が入ったのは、戸障子が真新しく、入り口の脇に盛《も》り塩《じお》をしてある小さな料理屋だった。まだ開店して間もない店のようで、迎えてくれた女将の着物も前垂れも、しわひとつない新しいものだった。

板場につづく長細い土間の右手に、小上がりの座敷があった。まだ、客はいなかった。伝次郎と千草は出入り口に近い小上がりで向かいあった。それぞれの客間は、薄い板壁で仕切られており、他の客の目を気にしなくてもよいようにしてあった。

まずは酒をつけてもらい、女将の勧めにしたがって料理を頼んだ。差しつ差されつしながら、一合をあける頃に、栄螺《さざえ》の壺焼きや鯛や鮃《ひらめ》の薄造り、そして筍《たけのこ》や菜の花などの旬野菜を使った煮浸しなどが運ばれてきた。盛りつけには若芽《わかめ》が利用されていて、見栄えもよい。

「腕のよい板前ね」

料理を見て千草が感心顔をした。二人きりで誰に遠慮することなく過ごせるひとときではあるが、話は思ったようにははずまなかった。伝次郎には切りだしたい話があるが、それは千草も同じようだった。

なんとなくお互いの腹の探り合いといった違和感があり、他愛《たわい》もない話をしながら肝心なことを口にするきっかけを待っているという感じだった。

三合の酒を飲んだときには、客が増えていた。あちこちから楽しげな笑い声や、女将をからかう声が聞こえてきた。

「わたし、店をやめようと思ったんです」

ふいに本題に入ったのは、千草のほうだった。伝次郎はほんのり桜色に頰を染めた千草を見た。

「でも、つづけることにしました」

「よいことだろう」

伝次郎は盃に口をつける。

「それでよいと思いますか……」

千草がまっすぐな目を向けてきた。その瞳には少し咎める色があった。伝次郎は内心でわずかに狼狽《うろた》えた。思いきっていったほうがよいか、それとも黙っているべきか。またもや、思い悩んだ。

「伝次郎さんはどう考えています」

「うむ」

「正直にいいますと、わたし、伝次郎さんの胸に飛び込んで、店を閉めようと考えました。もし、そうしろと伝次郎さんがいうなら、そうしようと決めもしました」

「……うむ」

伝次郎は酒をなめる。

「引っ越しをした家を見て、わたしは心が揺れました。きっと、伝次郎さんはわたしのことを考えて越してくれたんだと……そうなのですね」

千草は長い睫毛《まつげ》を動かし、ぴたりと伝次郎の目に視線を合わせる。

「そうだ」

伝次郎は認めた。そして、すぐに言葉をついだ。

「おれは千草と同じ屋根の下で暮らそうと思った。だから、あの家に越した。おれの昔のことを、町のものたちがうすうす気づいたということもある。しかしながら、あの家を決めたのは、やはり千草、おまえのことがあるからだ」

「……」

今度は千草が黙り込んだ。それでも合わせた視線を外そうとはしなかった。

「おまえをいつでも迎えたいという気持ちはある。だが、それは千草、おまえ次第だ。おまえにも考えがあるはずだ」

「伝次郎さんの考えを教えてください」

「おれのことは包み隠さず千草に話した。そして、千草も自分のことをすべて話してくれた。そうだな」

「なにも隠しごとはしていません」

「お互いに最愛の伴侶《はんりょ》を失っている。夫婦の暮らしがどんなものであるかも知っている。いっしょになるのは容易《たやす》い。だが、いっしょになれば……」

「待ってください。もう、その先はいわなくていいの。わたしも同じことを考えていましたから。おそらくそうだと思います」

千草は少しかたくなっていた表情をゆるめ、盃を口に運んで、短い間を置いた。

「……そうなのです。いっしょになれば、きっと見なくていいことを見、気づかなくていいことに気づき、お互いに遠慮がなくなってしまえば、いまの気持ちが薄れてしまう。わたしは、いつまでもいまの気持ちを大切にしていたい。そのためには、やはり伝次郎さんと少し離れたところに、身を置いていたほうがいいと考えたんです。それでも、わたしの心はいつも伝次郎さんの心に届いている。そんな間柄でいたいと……」

千草の目は少し潤んでいた。

「なら、もうなにもいうことはない。さあ、飲もう」

酌をする伝次郎は、これでよいのだ、これでよかったのだと思った。大人の関係でいることは悪いことではない。

酌を受けた千草はひと息に盃をほすと、ホッと、安堵《あんど》のため息をついて、ふんわり笑った。なんだか肩の荷が下りたという様子だった。そして、急に砕けた口調になって、

「もう、ずいぶん悩んだんですからね。伝次郎さんも意地悪よ。女のわたしに、こんなことを先にいわせるなんて……」

と、口をとがらせ拗《す》ねた顔をしたが、それは満足げでもあった。

「なにも意地悪などしていねえさ。おれも頭を悩ませていたんだ。それでもおれを責めるなら、頭を下げて謝る」

「ううん、いいんです。でもね、わたしうんと甘えるときがあるかも……そんなときはちゃんと相手をしてくださいよ」

「いわれずとも……」

伝次郎は思わず手を引き寄せて抱きしめたくなった。だが、人のいる料理屋の小上がりでは、できたものではない。ぐっと我慢して酒をあおったが、膝に千草の手がのびてきた。白魚《しらうお》のようにほっそりときれいな指が小さく動き、伝次郎の膝をくすぐった。

「今夜は帰りません」

「……まだ、家には揃っていないものがある」

夜具は一組しかないといいたかったのだが、言葉をかえた。こんなとき、互いに惹《ひ》かれ合っている男女の意思は、あうんの呼吸で通じる。

「揃わなくていいものもあります。いやだったらあとで揃えればいいのです」

いたずらっぽくいう千草は、瞳に艶《あで》やかな光を宿していた。

五

目覚めたとき、隣に千草はいなかった。

気づかなかったのではない。気づかないふりをしていただけだった。鶏鳴《けいめい》が聞こえ、雨戸の隙間《すきま》に黎明《れいめい》の光が感じられる頃、千草はそっと夜具を抜けだし、伝次郎を起こすまいと静かに身繕《みづくろ》いをすると、足音を忍ばせて家を出ていった。

それからもう一度、伝次郎は浅い眠りについて起きたのだった。

夜具に千草の残り香がある。いつか一線を越える仲になるだろうと、以前から予感はあったが、ついにそうなった。そして、そうなることを伝次郎は自分に許していた。

おそらく妻子の仇《かたき》である津久間戒蔵を討ち、積年の恨みを晴らしたからだろう。

自分でもそれまでは、ここから先へは踏み出してはならないと己を戒めていた。また、それは千草もうすうす感じていたらしい。

それゆえに、昨夜は、互いの思いの丈《たけ》をぶつけ合うように熱く抱擁《ほうよう》しあった。想像以上に千草は素晴らしい女だった。

普段は慎み深いしとやかさと、江戸っ子特有の姐《あね》ご肌を持ち合わせている女だが、褥《しとね》のなかでは狂おしいほどに乱れた。

伝次郎は仰向けのまま目をつむった。朝の長屋がにわかに騒々しくなっている。七輪《しちりん》の火をあおぐ音、井戸端で水を使う音、厠《かわや》に駆け込む子供の足音、ぐずる赤子の声、そして亭主を送りだす女房のあかるい声。

そのまま目を閉じていると、千草の体が浮かびあがった。滑るような餅肌《もちはだ》、腰から太股にかけての優美な曲線、大きくはないが弾力のある形のよい乳房、吸いついてくる太股の柔肌《やわはだ》、うっとり目を閉じながらかすかに開いた唇……。

(千草……)

心中でつぶやいてから、伝次郎は目を開け、夜具を抜けた。

腰手拭いで井戸端へ行くと、長屋のものたちが挨拶をしてくる。よい天気ですね、今日も花見にいい日和《ひより》だ、伝次郎さんとおっしゃるんでしたな……。みんな新顔の伝次郎を物珍しく見てくるが、誰もが好意的だったし、伝次郎も気さくに言葉を返した。

これまでの長屋とちがい、この長屋の住人は裕福そうなものが多かった。店賃《たなちん》の高い家に住んでいるということは、それだけ実入りも悪くないのだろう。現に商家の番頭や手代《てだい》、あるいは職人頭《がしら》といったものが多かった。

居職《いじょく》で仕事をしている指物《さしもの》師もいるが、注文に困っている様子はなく、弟子も通ってきていた。

家に戻った伝次郎は、湯をわかして茶を淹《い》れ、昨夜の店で作ってもらったにぎりめしを頬ばった。

「お弁当どうしましょう?」

昨夜、床の中で千草が心配した。惣右衛門店にいるとき、千草はよほどのことがないかぎり、弁当を作ってきてくれた。それは家が近かったからできたことだが、いまは少し離れている。

「気にしなくていい。作ってもらいたいときには、遠慮なくいうようにする」

伝次郎はそう答えた。

「それじゃ、わたしがここに泊まりに来たときにはちゃんと作ります」

千草はそういって、伝次郎の首に両腕をまわして抱きついてきて、

「ああ、幸せ……」

と、耳許で声をそよがせた。

にぎりめしを平らげ、茶を飲んだ伝次郎は、昨夜のことを振り払うように膝をたたいて立ちあがった。今日から新しく出なおしだという思いが胸の内にあった。

船頭半纏も、股引も、そして腹掛けも着古してはいるが、こまめに洗濯をして、きれいにたたんでいるので、清潔感にあふれている。

「いつもぱりっとしているおめえさんのことを、うちの連中も見習ってくれりゃいいんだが、だらしのねえやつらばかりだ」

そう褒《ほ》めてぼやくのは、川政の主・政五郎だった。

着ているものはとにかく、身だしなみに気をつけるのは、厳しい父の躾《しつけ》があったからで、それは伝次郎にとって自然なこととなっている。

長屋を出て自分の舟をつないでいる山城橋に行った。六間堀から、かすかな蒸気が立ち昇っていた。霧となった蒸気は、低い朝日を斜めから受けて、幻想的に見えた。

まだ、明け六つ（午前六時）過ぎである。河岸道にも人の姿は少ない。伝次郎は舟に乗り込むと、舟底にたまっている淦《あか》を掬《すく》いだした。ひと晩でたまる量が増えている。

（この舟も耄碌《もうろく》してきたか）

と、思わずにいられない。舟は船頭の師匠だった嘉兵衛から譲り受けたものだ。ときどき傷んだ羽目板を修理して、だましだまし使っているが、あと何年もつかわからない。

淦出しの作業をしていると、川岸に咲く可憐《かれん》な花が目にとまった。朝露にしっとり濡れて咲いているのは、紫色の野薊《のあざみ》と、白と薄紫色の花弁を開いている浜大根《はまだいこん》だった。

川岸の壁となっている石と石の狭い隙間に、身をよじるようにして咲いている。生命力の強さをそんな野草に見出すことができた。

人も同じだと、そんな小さな花たちに教えられる。人は周囲からの軋轢《あつれき》や、ねたみやそねみを受け、貧しさや苦しさに耐えながら生きている。人ひとりが生きる隙間は、そう広いものではない。

いまの自分も同じだと伝次郎は思う。江戸の町を縦に横に、肩をすぼめて縫うように流れている川にすがって生きているのだ。川があるからこそ、船頭仕事ができる。

一作業終えた伝次郎は、舫《もやい》をほどき、棹《さお》をつかみ艫《とも》板に立った。川風が気持ちよく肌をなでてゆく。

いつしか、川霧は消えていた。

六

その日、伝次郎は神田川《かんだがわ》の佐久間《さくま》河岸で客を拾い、深川に送り届け、そのあとで二人の客を業平橋《なりひらばし》まで乗せた。その後、客待ちをするために、吾妻橋《あづまばし》西詰めの材木《ざいもく》町《ちょう》河岸に舟を止めた。

客は突然声をかけてくるときもあるし、いつまでたっても声のかからないときもある。船頭商売はある意味、時の運でもあった。

煙管《キセル》を吹かしながら大川の流れを眺める。見慣れた景色だが、いつも同じではない。川は光の加減でいろんな色に変わる。朝日を受けたときには黄金《こがね》色に、夕日を受けたときは緋《ひ》色に、そして、真昼の日射しは水面《みなも》をきらきらと銀鱗《ぎんりん》のように輝かせる。

澪《みお》は深い藍《あい》色になるし、浅瀬は透明感のある青になる。澪もいつも同じではない。雨によって上流から流されてきた砂や石が、その澪に堆積《たいせき》して、流れを変えながら別の場所に移動するのだ。

長年船頭をやっていると、澪の場所が変わったことに気づく。

船頭の師匠だった嘉兵衛がよくいっていた。

「伝次郎、川ってやつは生きもんなんだ。甘く見るんじゃねえぜ」

たしかにそうだった。川はただ流れているのではない。

「船頭さん、舟は空《あ》いてるかい？」

ふいの声に振り返ると、ひとりの行商人が雁木《がんぎ》の上に立っていた。

「へえ、どうぞ」

伝次郎が答えると、行商人は身軽に雁木を下りてきて、舟に乗り込んだ。背中に背負っていた四角い風呂敷包みを置いて、

「鐘《かね》ヶ《が》淵《ふち》までやってくれるかい」

という。

伝次郎は黙って棹をつかみ、舟を川中へ進めると、櫓に持ち替えた。

鐘ヶ淵は大川と合流する綾瀬川《あやせがわ》の河口にある。吾妻橋からは約一里。流れに逆らって上るので、体力がいる。

客になった行商人は、舟に落ち着くと、荷物の中からにぎり飯の包みを取り出して食べはじめた。竹筒に入れた茶を飲んでは、指についた飯粒をなめる。

周囲の景色を眺めながら満足そうな顔でくつろいでいるが、話しかけてこない楽な客だった。話し好きの客だといちいち受け答えが面倒くさい。

(いい客だ)

伝次郎はそう思って、櫓を漕ぎつづける。ぎっしぎっしと、櫓と櫓べそがこすれ合って軋みをあげる。伝次郎がひと漕ぎすると、汗のにじむ二の腕の筋肉が逞しく

盛りあがり、猪牙の舳先《みよし》がぐいっと、進みながら波をかきわける。川水が舟縁《ふなべり》を洗うように小さな音を立てて流れてゆく。

「見頃もあと二、三日だろうね」

それまで黙っていた客が、ふいに声をかけてきた。客の目は向島の墨堤に咲く桜に向けられていた。

「そうでしょうね」

伝次郎も応じて墨堤を眺めた。花見客はまだ少ない。ぽつんぽつんと、ところどころにいるだけだ。しかし、昼近くになると、花見客で墨堤は埋まり、人の笑い声や歌声、そして弦楽の音が大川に流れてくる。

伝次郎は櫓を漕ぎつづけた。上る舟は川岸寄り、下る舟は川中と決まっている。商売舟はその暗黙の決まりを守っている。

橋場《はしば》の渡《わたし》を過ぎ、鐘ヶ淵が近づいてきた。川のところどころに寄洲《よりす》があり、白鷺《しらさぎ》の姿が見られた。

「船頭さん、鐘ヶ淵に入ってすぐの舟着場でいいよ。右ッ方にあるから」

「へえ、承知しておりやす」

伝次郎は舟の向きを変えて、鐘ヶ淵に入っていった。綾瀬川の河口から一町《ちょう》ほど行ったところに小さな舟着場があった。

「今日はこっちの村廻りでね。商売にはならないけど、頼まれてるんで断れないんだ。あ、あたしゃ薬を売ってるんですけどね。へえ、じゃあこれで……」

客は舟賃をわたすと、荷物を背中に背負って舟を降りていった。

「気をつけて行ってらっしゃいまし」

頭を下げて見送った伝次郎は、櫓を舟の中にしまい、棹に持ち替えた。帰りは下りなので、流れにまかせておけばよかった。

手拭いで汗を押さえると、そのまま引き返した。汗ばんだ体に川風が気持ちよかった。よい天気で、岸辺の新緑がまぶしかった。

のんびり川を下る伝次郎には、得《え》もいわれぬ充実感があった。いまの暮らしにも満足しているし、千草との仲もいい感じで進んでいる。

(これが幸せってものなのか……)

そう思わずにはいられない心境になっていた。

墨堤のそばを下っていると、桜吹雪《ふぶき》が舞ってきた。風が出てきたのだが、薄桃色の花びらが目の前で乱舞し、伝次郎は感激した。風に飛ばされ宙に舞った桜の花びらは、やがて川に落ちて水面をおおった。

「伝次郎、伝次郎じゃねえか」

そんな声をかけられたのは、浅草駒形堂《あさくさこまがたどう》前の舟着場で客待ちをしているときだった。

振り返ると、小者の粂吉《くめきち》と万蔵《まんぞう》を連れた酒井彦九郎《ひこくろう》が立っていた。

南町奉行所定町廻り同心だ。伝次郎のかつての上役同心である。

伝次郎が吸っていた煙管を舟縁に打ちつけて立ちあがると、彦九郎が颯爽《さっそう》とした足取りで近づいてきた。

「ちょうど、よかった。おぬしに会いたいと思っていたのだ」

伝次郎は表情をかためた。

彦九郎の用件はなんとなく推量できる。

七

手間は取らせない、少し暇をくれと誘いかける彦九郎について、伝次郎は駒形堂前の茶店に入った。同じ長床几《ながしょうぎ》に腰をおろして、茶を口につけると、

「越したらしいな」

と、彦九郎が口を開いた。

「もう耳に入っていますか」

おそらく音松が伝えたのだろうと察した。それはそれで仕方ないことだった。

「もう落ち着いたのか？　いい家らしいな」

「お陰様で……」

「あれからもう二月はたっている」

津久間戒蔵を討ち取ったことをいっているのだ。伝次郎は黙っていた。

「おれたちはおぬしに恩義を感じつづけている。御番所に戻ってもらいたいが、それはできない相談だ。だからといって、いまのままでは黙っていられねえ」

「酒井さん、わたしのことはもういいんです。それに、恩を売ったつもりなど毛頭《もうとう》ありませんから、その話はもうやめませんか」

伝次郎は小さなため息をついた。もちろん酒井の気持ちは嬉しいのだが、誘いに乗る気は毫《ごう》もなかった。

「そういうが、もったいないのだ。船頭仕事をして苦労するより、おれたちに手を貸してくれたほうがよほど割がいいはずだ。おぬしの腕と勘ばたらきを頼りたいんだ。もちろん、毎度毎度ということじゃねえ。おれたちが困っているときに助《すけ》をしてくれるだけでいいんだ。松田久蔵《きゅうぞう》も中村直吉郎《なおきちろう》も、是非にも頼みたいといっている。力になってくれりゃ、十分な稼ぎになる」

「酒井さん、そのことは音松にも断っています。とっくに耳に入っていることじゃありませんか。わたしはいまの暮らしを気に入ってるんです」

伝次郎はこういったときは侍言葉を使う。

「本心でいってるのか……」

彦九郎は目に力を込めて見てくる。

「正直なところをいってるだけです。たしかに、悩んだことはあります。酒井さんらの勧めにしたがって、御番所仕事をやってもいいかもしれないと。……しかし、よくよく考えて腹を据えたのです。船頭で生きていくのも、悪くないと。仕事も気に入っているし、商売としてもそこそこうまくいってます。酒井さんの心遣《こころづか》いは嬉しいのですが、わたしはいまの暮らしを変えるつもりはありません」

伝次郎はきっぱりといった。一度、はっきりさせておくべきことだった。

彦九郎は黙り込んで、一方の空に目を注いだ。それから、小さく嘆息して、伝次郎に顔を向けた。口の端にやわらかな笑みを浮かべ、

「おぬしは強情だからな。なにをいっても無駄か……」

彦九郎はそういって、はあ、とため息をついた。

「わかった。もうこのごとはいわぬことにする。だが伝次郎、これだけは心に留めておいてくれ」

伝次郎は彦九郎を見た。

「おれたちゃいつでもおぬしの味方だ。困ったことがあったら、遠慮なくいってくれ。できるかぎりのことはする」

「ありがたき言葉……かたじけのうございます」

「それからどうしてもおぬしの手を借りたいときがあるかもしれぬ。そのときはひとつ考えてくれぬか」

伝次郎は彦九郎の目を見つめながらどう答えようかと迷った。

「まあ、そんなことがないことを願っています」

「まったくおぬしってやつは。だが、たまには酒の相手ぐらいはしてくれるだろうな」

彦九郎は苦笑いを浮かべて、頬をゆるめた。

「酒の相手でしたら、喜んで」

伝次郎も笑みを浮かべた。

その日、松井町の家に帰ったのは、まだ日のあかるいうちだった。

山城橋のたもとに舟をつないだ伝次郎は、河岸道にあがって、はたと自分の舟を見た。なにか忘れ物をしたと思ったのだが、それがなんだかすぐに気づいた。

刀だ。

津久間戒蔵を討つまでは、仕事中でもいざという場合に備えて刀を隠し置いていた。しかし、その必要のなくなったいまは、人目につかないように家に置いてある。

(おれもいつまでも……)

苦笑を浮かべて首を振った。

しかし、伝次郎の胸の内には充足したものがあった。酒井彦九郎に、自分の考えをしっかり伝えることができたからだ。

それで縁を切ったわけでもないし、これからもいい関係を保っていける。自分にはいい仲間がいると思わずにはいられないし、千草との仲もうまくいっている。

(これ以上、おれには望むことはないではないか)

伝次郎は柄にもなく、顔をにやけさせた。

長屋の近くに来ると、手習い所から帰ってきたらしい男の子が、

「おじさん、こんにちは」

と、元気よく挨拶をしてきた。

「よお、こんにちは。手習い所の帰りかい?」

男の子は、うん、と頷《うなず》いて先に長屋の路地に入り、井戸端に近い家に帰っていった。

伝次郎が路地に足を踏み入れると、井戸端で洗い物をしていたおかみが、軽く会

釈をしてきた。伝次郎も会釈を返した。

引っ越しをする際に、各家には挨拶をしているので、ちゃんと覚えてくれているのだ。

それは、自分の家の戸に手をかけようとしたときだった。

血相変えて表から路地に駆け込んできた男がいた。同じ長屋に住んでいる隠居老人だ。たしか、喜八郎《きはちろう》という老人だった。

「た、大変だ。誰か止めに入らないとおしげさんが殺されちまう」

伝次郎は喜八郎に顔を向けて、眉宇《びう》をひそめた。喜八郎も伝次郎を見て、

「あ、あんた。あんたなら体も大きいし、なんとかなる。おしげさんを助けてくれ」

と、両手で宙をかくようにして、よたよたと駆け寄ってきた。

「どういうことです？」

「わけを話してる暇はない。いつものことなんだが、今日はいつもとちがうんだ。あんた、助けてくれ。ささ、ついてきてくれないか」

伝次郎はわけもわからず、喜八郎に袖《そで》を引かれるまま後戻りする恰好《かっこう》になった。

# 第二章　老いた舟

## 一

「やめて、あんたやめて！　痛ッ、もう勘弁しておくれ。わ、わたしが、わたしが悪かったんだから……ギャー！」

喜八郎に連れて行かれたのは、すぐそばの一軒家だった。家の中から悲愴《ひそう》な女の悲鳴が聞こえてきて、物の壊れる音が重なった。

家の前には五、六人の野次馬が集まっていて、戦々恐々とした顔で立っていた。

「痴話喧嘩《ちわげんか》か……」

伝次郎が聞くと、そばにいるものたちが揃ったように首を横に振り、

「いつものことだけど、見ていられないんですよ。なんとかしてやらないと、おしげさんはあの男に殺されちまう」

と、喜八郎が心底心配する顔で、悲鳴と怒鳴り声の混じる家に目を向ける。

「とにかく止めよう」

伝次郎がおしげの家に近づこうとしたとき、いきなり戸口が開き、くしゃくしゃに泣き濡れた顔をした女が転がり出てきた。すぐに男が追いかけてきて、無造作《むぞうさ》におしげの髪をつかんで、思いきり尻を蹴飛《けと》ばした。

男は三十前後で屈強《くっきょう》な体をしていた。牙《きば》を剥《む》いたような恐ろしげな顔は、無精《ぶしょう》ひげにおおわれていた。

おしげは逃げようと地を這《は》う。着物は乱れ、太股や胸や腰のあたりの素肌があらわになっていた。腕や脛《すね》にできた傷から血が流れている。

「甘く見やがって、なにが勘弁だ、なにが悪かっただ。ええい、くそアマがッ」

男はおしげの後ろ襟《えり》を乱暴につかんで、投げようとした。

「待て。なにがあったのか知らねえが、やめねえか」

伝次郎はおしげを投げようとした男の腕をつかんだ。

「なんだ、てめえは……」

ぎょろりとした眼光で伝次郎をにらんだ男は、まわりにいる者たちにもにらみを利かせ、つばを飛ばしながら怒鳴った。

「やいやい、見世物《みせもの》じゃねえんだ！　とっとと失《う》せやがれッ！」

「痴話喧嘩だとしても、ちょいとやり過ぎじゃねえか」

伝次郎が静かにいうと、男はつかまれていた腕を振り払って、再び剣呑《けんのん》な目を向けてきた。

「なんだ、てめえは。見ねえ顔だな。口出しするんじゃねえ。おしげ、そんなとこに転んでんじゃねえ。さっさと家ん中に戻りやがれ」

おしげは乱れた着物をかき合わせて、逃げようとした。男はすかさず前に飛んで、またもやおしげの髪を無造作につかんで、立たせようとする。おしげの泣き顔が引きつり、白いうなじが暮れようとしている西日を受けた。

「やめろ、やめろ。いい加減にしねえか。なにがあったのか知らねえが、やり過ぎだ。その辺にしておいたらどうだ。女房は謝ってるだろう」

伝次郎は男の肩に手をかけて仲裁に入った。

「野郎ッ、口出しすんなっていってんだろう！」

男は伝次郎の手を振り払うなり、いきなり拳骨《げんこつ》を飛ばしてきた。伝次郎はとっさにかわしはしたが、頬桁《ほおげた》を拳《こぶし》がかすり、口の中に鉄さびの味が広がった。

「あんたやめて」

今度はおしげが、狼狽えたように男を止めにかかった。男の腕にすがりつくようにして、伝次郎に頭を下げる。

「すみません、許してください。どうか、どうか放《ほ》っておいてください」

「しかし……」

伝次郎は殴られた顎《あご》のあたりを手の甲で押さえて、おしげと男を交互に見た。

「もういいんです。ねえ、あんた家の中に入りましょう。みんな見てるじゃありませんか、さあ、早く」

おしげは男を押しやるようにして家の中にいざない、戸口を閉める前に、表にいるみんなに申し訳なさそうな顔で頭を下げた。すぐに戸が閉まった。

「……いったいどういうことだ」

伝次郎はなんだか狐《きつね》につままれたような気分だった。口中にたまったつばを吐き捨てると、血が混じっていた。

「はァ、やっと落ち着いた」

喜八郎が胸をなで下ろすようにしてため息をつけば、そばにいた者たちもやれやれという顔で、それぞれに帰っていった。

「いいんですか？」

伝次郎は喜八郎を見た。

「もう、しばらくはなにもないでしょう。いつもああやって、近所を騒がせるんです。もう慣れっこになってはいますが、毎度毎度はらはらのしどおしなんですよ」

喜八郎が歩きだしたので、伝次郎は一度おしげの家を見てあとにしたがった。

「すみませんでしたね。わたしもいつになく慌てちまって、あんたに迷惑をかけてしまいました」

喜八郎はしわの多い顔を伝次郎に向けて頭を下げた。

「いいえ、気にしないでください」

家に戻った伝次郎は、上がり口に腰をおろして、雑巾《ぞうきん》で足をぬぐい、

「もう少し話を聞きたいんで、茶でも飲んでいきませんか」

と、喜八郎に誘いかけた。

「あんたも越してきたばかりで、いい迷惑をしたうえに、殴られちまって。でも、あんたがいたんで、あれですんだ。よかったよ」

喜八郎は伝次郎に勧められて居間にあがった。

「伝次郎さんとおっしゃるんでしたね」

「へえ。あんたは、喜八郎さんでしたね」

伝次郎は湯がわくまで、喜八郎と向かいあって座った。

裏庭にかすかな西日が射していた。

さっきの男は、仙五郎《せんごろう》という名だった。おしげと仙五郎は、ちゃんとした夫婦ではないが、半年ほど前からいっしょに住んでいると、喜八郎が話した。

「仙五郎は仕事をしていないようで、おしげさんに食わせてもらってるようなんです」

「すると、あの男はおしげの紐《ひも》ですか？　それなのにあんな乱暴を……」

「どこがいいのか知りませんが、おしげさんは別れようとはしないし、逃げようともしない。あきれるというか、なんというか……」

喜八郎はやるせなさそうに首を振り、煙管を取り出して火をつけた。

「おしげさんは、仙五郎の指図《さしず》で料理屋の酌婦をしたり、水茶屋《みずぢゃや》の女になったりしているといいます。実入りは悪くないようなので、まともなことはしていないんでしょうが……」

台所にかけている鉄瓶《てつびん》が湯を噴きはじめていた。

「おしげは、いまはなにを……」

「回向院《えこういん》そばの水茶屋にいるって話です。奥に引き込みの間がある店らしいですが……」

要するに、おしげは体で稼いでいるのだろう。

仙五郎とおしげの話に区切りがつくと、喜八郎は自分のことを話した。新大坂《しんおおさか》町《ちょう》の紙問屋を勤めあげて、隠居して越してきたのが二年前だという。二人の子があったが、ひとりは早死にをし、ひとりは上野の呉服屋に勤めているらしい。

喜八郎は伝次郎が淹れた茶をうまそうに飲みながら、自分の苦労話もした。どうやら話し好きのようで、伝次郎は聞き役にまわっていた。

「ああ、もうすっかり暮れましたな」

話が一段落したとき、喜八郎が表を見ていった。裏庭に射していた西日も消え、家の中が薄暗くなっていた。

喜八郎が茶の礼をいって帰っていくと、伝次郎は行灯に火を入れて、夕餉《ゆうげ》をどうしようかと考えた。作ってもよいが材料がない。買い物に行くのは面倒だ。結局、千草の店に行ってすませることにした。

二

「すまなかった。このとおりだ。な、こうやってちゃんと謝ってんだから、そんなにへそ曲げなくったっていいだろう。ほんとにすまなかったと思ってんだ」

何度も頭を下げて、仙五郎はすり寄ってくる。

おしげは荷物をまとめて出て行こうとするが、いつも同じ繰り返しだった。仙五郎に平身低頭《へいしんていとう》で謝られると、ついつい情にほだされ、許してしまう。

「もう二度と殴ったり蹴ったりしねえから。おしげ、このとおりだからよ。おりゃあ、おめえがいねえと生きていけねえんだ。なあ、勘弁してくれよ。すまなかったから……」

仙五郎は額《ひたい》を畳にすりつけて謝りつづける。

おしげは半分興醒《きょうざ》めしているのだが、そんな姿を見ると、やはり見捨てられない心境になる。

「ほんとだね。二度と乱暴しないって誓ってくれるんだね」

「誓う。金輪際《こんりんざい》、手は出さねえ」

「そういうけど、何度も聞き飽きてることだよ」

立っていたおしげは座りなおして、深いため息をつく。仙五郎がゆっくり顔をあげて、許してくれるのか、と蚊の鳴くような声を漏らす。その顔はさっきとは大ちがいで、いまにも泣き出しそうであった。

(これだから、わたしは離れられないんだわ)

半ば後悔しながらも、おしげは仙五郎を許す気になっている。

「今いったこと忘れないでよ」

「絶対忘れねえ。ほんとだ。おしげ、怪我《けが》はしてねえか、痛いところはねえか」

仙五郎は膝をすって近づいてくると、おしげの手を取ってさすったり、腰のあたりに手を添えたりする。

ついさっき、鬼のような形相《ぎょうそう》で怒っていた同じ人間とは、とても思えない変わり様《よう》だ。しかし、この繰り返しなのだった。

「もういいわよ。なんともないんだから、それより飯はどうするのよ」

ほんとは体のあちこちが痛かったし、すりむいて血が出ていたところがひりひりしていた。だが、そのことは口にしなかった。いえば、仙五郎が過剰な手当てをするのはわかっている。こんなの、つばつけておきゃ治るんだから、とおしげは気丈《きじょう》である。

「飯はおれが炊くよ。ちょいと待っててくれりゃ、すぐだ。あ、でも、おかずがねえな。そうだ、これからひとっ走り買いに行ってこようか」

「いいわよ。もう面倒じゃない」

「それじゃどっかへ食いに行くか……」

仙五郎は目を輝かせる。端《はな》っからその気だったのだと、おしげはわかっているが、

「そうしましょう」

と、答えている。

その夜、おしげと仙五郎は、家からほどない深川常盤町《ときわちょう》の小料理屋で向かいあって酒を飲み、店の主自慢の天麩羅を食べた。

夕方荒れていた仙五郎は、すっかり機嫌《きげん》がよくなっていて、料理や酒を上げ下げする女将に冗談を飛ばし、ひとりで笑い転げていた。

おしげはそんな仙五郎を醒《さ》めた目で見ながら、手酌《てじゃく》で酒を飲んだ。なぜ、仙五郎が荒れたのか、そのことを考えた。最初は稼ぎの悪さをなじられた。たしかに今日の稼ぎは少なかった。仙五郎にわたした金も、その分少なくなった。

金をわたすと同時に、仙五郎は目つきを変え、いきなり怒鳴った。稼ぎが悪いのはおまえのせいだといった。

仕方ない、そんな日もあると、おしげが弁解すれば、おまえは金を隠していると疑《うたぐ》り、そのことを否定すると、おれに嘘をつくなといって、おしげの頬を張り飛ばした。

おしげは頬を張られた勢いで、横に倒れ、恨みがましい目を仙五郎に向けた。すると、その目はなんだといって、ますます怒りを爆発させた。

仙五郎は怒りだすと、自制が効かなくなり、さらに怒りを増幅させる。そうなると、おしげがどんなに謝っても、気がすむまでは怒鳴り散らし、乱暴をする。ところが、そんな自分にあとで気づいて後悔するのか、掌《てのひら》を返したように人が変わりやさしくなる。

(ほんとうは悪い人じゃないんだけど……)

おしげはそう思うのだが、やはりいつか別れなければならないと思っている。しかし、別れようといったときに、仙五郎がどんな態度に出るか、うすうす予測がつく。

おそらく殺さんばかりに打擲《ちょうちゃく》するだろう。だから、ずっといえないでいる。逃げだそうと思ったことも一度や二度ではないが、見つかったときのことを考えると怖くて、ずるずるといっしょに暮らしているのだった。

(どうしてこんな男と)

おしげは店の女将に冗談を飛ばして、楽しそうに笑う仙五郎を見て、内心で深いため息をつく。

「おっ、悪かった。さあ、やりな」

仙五郎が女将に向けていた顔を、おしげに戻して酌をした。

「わたし、いい心持ちになったから、少しだけでいいわ」

「なにいってんだ。おれがついてんだ。酔ったらおれが負ぶっていくよ。さあ、ぐいっとやりな」

おしげは無理して盃をほした。

いい飲みっぷりだ、と仙五郎が嬉しそうに微笑む。怒ると怖い顔になるが、こんなときは無邪気な子供のようだった。そのじつ、仙五郎はなかなかの色男なのだ。

「海老が残ってるじゃねえか。おめえ食いな。たっぷり精力をつけなきゃなァ」

仙五郎は海老の天麩羅をおしげの皿に移しながら、にやりと口の端に笑みを浮かべた。

怒鳴り散らし足蹴《あしげ》にした夜、仙五郎は激しくおしげを求める。求めながらも、先刻のことを甘えた子供のように謝るのだ。

いつもそうなのだが、おしげもいやがらずに求めに応じている。それはきっと、見知らぬ男に抱かれたあとだからかもしれないし、そんな男たちの匂いを仙五郎の匂いで消してもらいたいという、女としての願望があるからかもしれなかった。

「おめえはいい女だよ」

仙五郎は満足げに微笑んで、もう一本飲もうと、空《から》の銚子《ちょうし》を掲げた。

三

どんよりとした雲が、急ぎ足で頭上を流れている。その分風も強く、満々と水をたたえた大川も黒くうねっていた。白波が立つほどではないが、こんなとき小さな猪牙舟は波に翻弄《ほんろう》されるので、操船がむずかしい。

伝次郎はいったん大川に出たが、危険を避けるように川を下り、万年橋《まんねんばし》をくぐって小名木川に入った。そのまま川政の舟着場に舟をつけた。

川政の舟も出てはおらず、船頭たちは河岸道の床几や雁木に座って暇をつぶしていた。

「おれたちも波が強いんで、様子を見ているとこなんだ」

雁木で煙管を吹かしていた川政の船頭頭・与市《よいち》が、隣に腰をおろした伝次郎にいう。五十を過ぎた男だが、頑丈な体をしていた。いつも不機嫌そうな顔をしているが、そのじつ洒落《しゃれ》や冗談が好きな男だ。

「昨日の天気は、どっかに行っちめェやがった」

「崩れるかな」

伝次郎が空を見あげると、与市も同じように空を見た。

「どうかな。風が弱まりゃいいが……。まあ、この分じゃ桜も散っちまうだろう。花見と洒落こむやつはいい気味だ」

悪態をついた与市は、伝次郎に顔を向けて新居の住み心地はどうだと聞いた。

「日当たりも風通しもいいんで、気に入ってますよ」

「そりゃ、なによりだ」

他愛ない世間話をして、目の前を流れる小名木川を眺める。大川ほどではないが、小名木川も波立っていた。つながれた舟同士がぶつかり合って、ごんごんと乾いた音を立てれば、岸にぶつかる波が小さな飛沫《しぶき》をあげていた。

しかし、半刻ほどすると、風が弱まり波も静まってきた。川政の船頭らは、どうしようか迷っていたが、伝次郎は舟に戻って細川橋から六間堀に入った。

ゆっくり川を上っていくうちに、流れる雲の隙間に晴れ間がのぞき、あかるい日射しが束となって地上に射した。竪川に出ると、風はさらにゆるやかになっていた。

(行ってみるか)

伝次郎は風次第では、休んでもいいと思っていたが、そのまま大川に舟を乗り入れた。普段より強いうねりがあったが、なんとか神田川まで行った。

佐久間河岸の荷揚場《にあげば》のそばに舟をつけて、そのまま客待ちをする。一度やんでいた風がまた出てきて、柳原《やなぎわら》土手に立ち並ぶ柳の枝を大きくしならせた。

客は来なかった。伝次郎は煙草《たばこ》を喫《の》んで暇つぶしをしたが、小半刻もするとしびれを切らした。やはり、こんな日はだめかと思う。

(潔く休めばよかったか……)

煙管をしまい、棹をつかんだとき、河岸道から声がかかった。

「伝次郎さんではありませんか」

声の主《ぬし》を見たとたん、伝次郎はいやな男に会ったと思った。以前、自分の腕を試し、用心棒に雇いたいといった利兵衛だった。そればかりではなく、柳橋に船宿を持たせてやると、風呂敷を広げた男だ。

利兵衛はひとりではなかった。精次郎という男もいっしょだった。

「荒れてますな。大川をわたる舟の数も少ないようです」

そんなことをいいながら、利兵衛は伝次郎のそばまでやって来た。

「乗せてくれますか」

客だから断るわけにはいかない。足を踏み外されては困るので、伝次郎は舟が揺れないようにして、利兵衛と精次郎を舟に乗せた。

「どこまでやります？」

伝次郎は頭の手拭いを縛りなおして訊《たず》ねた。

「大川はおっかないので、上《かみ》のほうまでやってください。急がなくていいですよ。ゆっくりでかまいませんから」

利兵衛ははっきりと行き先を告げなかったが、伝次郎はそのまま川中に舟を滑らせ、器用に棹を使って、舟を神田川の上流に向けた。

舳先のほうに精次郎が、利兵衛は艫板に片足をかけて操船する伝次郎のそばに座った。

「鮮やかなお手並みですな」

利兵衛がにこやかな笑みを浮かべて話しかけてくる。

「その辺の船頭とは大ちがいだ。たしかに伝次郎さんは腕がいい」

褒められて悪い気はしないが、伝次郎は黙したまま棹を使いつづける。棹を返すたびに、棹先から落ちるしずくが、日の光を受けて輝きを放つ。

和泉橋《いずみ》、筋違橋《すじかい》、昌平橋《しょうへい》とくぐってゆく。昌平河岸を過ぎると、右に学問所《がくもんじょ》、左に雑木林と薮《やぶ》の多い高い崖《がけ》になる。新緑がまばゆい。崖下で野草が彩りを添えている。

鶯《うぐいす》の声も聞かれるが、他の小鳥たちも清らかなさえずりを混ぜている。

静かだ。

水に棹さす音と、舟が水をかき分ける音が心地よく耳に届く。

利兵衛はしばらく周囲の景色を眺めていた。精次郎はときどき、伝次郎を見てくる。人の腹の内を探るような目つきは、堅気《かたぎ》ではない。身なりにもどことなく崩れた雰囲気がある。

伝次郎は慌てずに舟を上らせた。足許に目をやり、あることに気づいた。刀を置いていないのだ。もっとも、津久間戒蔵を倒してから、ずっとそうしているのだが、ときどき心細さを覚えることがある。

それは無粋な浪人や、やさぐれている博徒が客になったときだ。だが、問題が起こるようなことはなかったし、もし起きたとしても、伝次郎は身を守る術《すべ》を知っている。

「どこへつけます？」

伝次郎は水道橋手前の大きな懸樋《かけひ》が見えたところで聞いた。利兵衛はもう少し上にやってくれといい、よい眺めです、と言葉を添えてまた黙り込んだ。

舟は懸樋の下をくぐった。この大きな樋は、神田上水を神田や日本橋《にほんばし》に給水するためにかけられたものだった。

「伝次郎さん、その橋の先で一度舟を降りましょう」

水道橋が近づいたところで、利兵衛が顔を向けてきた。

「ご心配には及びません。帰りもこの舟でお願いしたいし、舟賃もちゃんとはずみますんで、一度舟を降りてお茶でも飲みましょう」

「それでしたら舟で待ってましょう」

「そんな殺生《せっしょう》なこといわずに、お付き合いくださいな。茶の一杯ぐらい、いいでしょう」

利兵衛は人を包み込むような、やわらかな笑みを浮かべていう。利兵衛に魂胆《こんたん》があるのはあきらかだ。ここで断っても、また接触してくるだろう。ならば、先にその魂胆を知ってしまったほうがいい。

水道橋のたもとで舟を降りると、伝次郎は利兵衛と精次郎のあとにしたがった。

四

お茶の水河岸には荷揚場がある。伝次郎たちはそのそばにある茶店に入った。

「伝次郎さん、船頭仕事をいつまでつづけるつもりです」

利兵衛が茶店の女が運んできた湯呑みを受け取って聞いてきた。日射しが、ふくよかな顔を照らしている。

「いつまでって、ずっとです」

「ずっと……」

利兵衛は額にしわを走らせて意外そうな顔をした。

「じつはあなたのことを少し調べさせてもらいましてね」

伝次郎は利兵衛を見た。

「あなたは元は御番所の同心だった。そして、なぜやめられたかも知っております。大事な奥さんと子供さんをなくされたことも……」

伝次郎は顔をそむけると、荷揚場ではたらく人足たちを眺めた。

「二月前でしたか、柳橋であなたが派手な立ち回りをやったのを、わたしは偶然通りかかって見ていたんです」

「……」

「やはりわたしの目に狂いはなかった。あなたの剣の腕は並ではない。あの相手は、奥さんと子供さんの仇だったのですね」

「なにをいいたいんです」

伝次郎は利兵衛に顔を戻した。

「わたしはその腕を買いたいんです。船頭にしておくにはもったいない。前にも話しましたが、わたしと組んで商いをしませんか。船頭仕事は力仕事です。稼ぎは天気に左右されるし、商売敵《がたき》も多い。大きな儲けも見込めないでしょう」

「おれはこの仕事を気に入っているんだ。他の商いをしようなどとは思っていねえ」

伝次郎は相手を客と思わず、ぞんざいな口調で応じた。

「そうおっしゃると思っておりましたよ。でも、あなたは目的を果たしたのではありませんか。その目的を果たすために、船頭を隠れ蓑《みの》にしていたんでしょう」

伝次郎は黙り込んだ。

「しかし、もうその必要はなくなったんじゃありませんか。もっとも、御番所に戻ることはできないでしょうが、あなたの腕と才覚があれば、もっと他のことができるはずです。そんな話のひとつや二つはあると思いますが……」

利兵衛は一度茶で舌を湿らせ、なおもつづけた。

「これからは武士の時代ではありません。商いの時代です。お上《かみ》の政《まつりごと》も、ある意味では商いといえるでしょう。なにより戦《いくさ》のない時代ですからね。世の中を見まわせばわかることがあります。金のあるものに、それまで威張《いば》っていた侍も頭を下げるということです。大名だってそうしているではありませんか」

「そんな話をしてなんになる。おれは商人《あきんど》になるつもりなど毛頭ない」

「商人を勧めてるのではありません。わたしはあなたと組んでひと仕事したいと思っているだけです」

「そのあかつきに、おれに船宿を持たせるというのか」

伝次郎は鼻で笑って茶を飲んだ。

「それは伝次郎さん次第です。でもまあ、無理にお勧めもできませんから、今日はこのぐらいにしておきましょう。ただ……」

伝次郎は言葉を切った利兵衛に顔を向けた。

「わたしと組めば、大きな金儲けができることはたしかです」

「金儲けに興味はない」

利兵衛が舟客でなければ、伝次郎はそのまま帰りたくなった。

「そんなところが気に入ったのです。業突《ごうつ》く張《ば》りでない人柄が、伝次郎さんのいいところです。ま、これに懲りず、また会ってくださいまし。これは舟賃です」

伝次郎は、あれ、と思った。

「帰りはのんびり歩くことにします。それもまた一興《いっきょう》かと思いましてね。さ、どうぞ」

利兵衛は前もって用意していたらしく、舟賃を半紙できれいに包んでいた。開けて見るのは浅ましいので、伝次郎はそのまま受け取ったが、舟に戻ってからたしかめると、小粒《こつぶ》（一分《ぶ》金）が四枚入っていた。過分《かぶん》なので、慌てて河岸道を見たが、利兵衛の姿はどこにもなかった。

伝次郎はそのまま神田川を下ったが、その後、二人の客を乗せただけで、日が暮れはじめた。空は晴れ間をのぞかせたり、曇ったりで、いっとき収まっていた風も強くなった。

山城橋に戻ったときには、西の空に黒い雨雲がせり出していた。そのせいで町は早くも暮れかかっていた。

「もう仕舞いですか」

長屋の近くまで来たとき、声をかけられた。喜八郎が小間物《こまもの》屋の前に置いてある床几に座っていた。

「風が強いんで商売あがったりです」

「ま、そんなこともありますよ。それはともかく、あれをごらんなさいな」

喜八郎は好々爺《こうこうや》然とした顔を一方に向けた。

旗本《はたもと》屋敷の門口で遊んでいる子供が二人いて、仙五郎が楽しげにその相手をしていたのだ。なにか仙五郎が冗談をいったらしく、二人の子供は顔を見合わせて、きやっきゃっと笑い声をあげた。

「あんな姿を見ると、ほんとはいい人間なんだろうって思うんですがね」

たしかに子供を可愛《かわい》がる仙五郎の姿は、悪くなかった。昨日、おしげを折檻《せっかん》していた同じ男とは思えない。

「仙五郎も、人の子なんですねえ」

しみじみとした口調で、喜八郎は目を細め、口の端をほころばした。

「おしげにも、ああやってやさしくしてやりゃいいんですよ」

「まったくです」

そう応じると喜八郎を残して、伝次郎は自分の長屋に向かった。子供と遊んでいた仙五郎が立ちあがり、伝次郎に気づいて、剣呑な視線を向けてきた。

伝次郎はそのまま路地に入ろうとしたが、

「おい、待ちな待ちな」

といって、仙五郎が小走りにやって来た。

「伝次郎っていったな」

「そうだ」

「船頭なんだってな」

「……そうだ」

仙五郎は首の骨をこきっと鳴らして、伝次郎の半纏を指先ではじいた。

「昨夜は余計なことしやがって、むかつく野郎だ。今度出しゃばった真似しやがったら、ただじゃおかねえからな。よく覚えておけ」

仙五郎はもう一度、伝次郎ににらみを利かせて、自分の家のほうに帰っていった。

(ただじゃ、おかねえ……か。元気のいい野郎だ)

伝次郎は、ふっと嘲《あざけ》りの笑みを浮かべて路地に入った。

五

伝次郎は、屋根をたたく雨音で目が覚めた。

夜具を払いのけて雨戸を開けると、冷たい風が吹き込んできた。雨はさほど強くはないし、遠くの空は薄曇りである。

通り雨かもしれない。そう思った伝次郎は、もう一度夜具に戻った。すでに夜は明けているが、雨のせいなのか長屋の連中の声が聞かれない。戸を閉めていることもあろうが、早出の職人が雨で足止めを食らっているからだろう。

もうひと寝しようとしたが、眠気はやってこない。伝次郎は着替えをして朝餉《あさげ》を作ることにした。料理は得意ではないが、独り暮らしをするようになって、簡単なものなら苦もなく作れるようになった。

雨が小やみになり、日が射してきたのは、朝餉を終える頃だった。井戸端に行くと、長屋の女房連中たちが洗い物をしていた。気さくに挨拶を交わす。

茶碗を洗い終えて、空を見る。青空がせり出していた。これなら仕事を休むことはない。伝次郎は家に戻ると、そのまま長屋を出た。

通りにできた水たまりが、朝日をまぶしく照り返していた。棒手振《ぼてふり》が身軽に水たまりを飛び越えていた。

山城橋のたもとに行き、短い雁木《がんぎ》の上に立ったときだった。伝次郎は我が目を疑った。舟が半分沈みかけているのだ。慌てて雁木を駆け下り、舫を引いたが、かなり重い。舟に備えている桶をつかんで水を汲《く》み出すうちに、一貫《かん》ほどの石がごろごろと動いた。しかも、三個もあった。

舟底の羽目板が割れ、そこから水があふれていたのだ。

「くそ、誰の仕業《しわざ》だ」

伝次郎は一度河岸道を見たが、とにかく水を掬《すく》いだし、舟が沈まないように応急の処置をしなければならない。大方の水を掬い終わると、舫綱を引っ張って、艫先《みよし》を舟着場にあげた。陸《おか》にあがった魚のような恰好だ。

舟底の羽目板が縦に四寸ほど、罅《ひび》が入ったように割れていた。素人《しろうと》では修理できない。単なるいたずらとは思えない仕業だ。

誰がやったのかわからないが、無性に腹が立った。船頭にとって舟は、命のつぎに大事なものだ。しかも、その舟は世話になった嘉兵衛から譲り受けたものである。

犯人を見つけたらいやってほど殴りつけてやりたいと思うが、舟の修理を先にしなければならない。

深川六間堀町、中橋《なかばし》のそばに嘉兵衛の代から付き合いのある船大工《ふなだいく》がいた。小平次《こへいじ》という男だった。

「やあ、どうかしたかね」

小平次を訪ねると、材木に鉋《かんな》をかけていた手を止めて、伝次郎に顔を向けてきた。干し柿のようにしわ深い顔をしている。

「舟を壊されちまったんだ」

伝次郎はそういってあらましを話した。

「そりゃあひでえな。いったい誰の仕業だ」

「わからねえ。いたずらにしても程がある」

「そりゃそうだ」

「すぐに直してもらいたいんだが……」

「いますぐってわけにゃいかねえが、昼過ぎにゃ体があく。それにしても大事な商売道具を……」

同情する小平次は首筋の汗をぬぐった。

「おれの舟はわかるな。山城橋のそばに置いてある」

「嘉兵衛さんのときから知ってる舟だ。一目でわかるさ」

「それじゃ頼んだ。おれも昼過ぎには、舟のそばで待ってることにする」

伝次郎は河岸道を後戻りして、また自分の舟を見に行った。舟はそのままだ。水に沈んでいた艫の櫓床《ろどこ》や舟梁《ふなばり》が日の光を受けて、乾きはじめていた。あらためて見ると、ずいぶん古い舟だとわかる。

伝次郎は常になく腹を立てていた。しかし、犯人がわからないのでその怒りの持って行き場がなかった。

「あんたの舟かい？」

雁木の上に立っていると、声をかけてきた男がいた。河岸場人足《かしばにんそく》のようだ。

「ああ」

「昨夜、石を投げつけていたやつがいたよ。ごんごん音がするんで見ていると、あの舟めがけて投げているとわかったんだ。やめねえかといってやると、食いつきそうな顔でにらんできやがったんで、おっかなくなってそのまま見ぬふりをしたんだけど、ひでえことしやがる」

「そいつを見たんだな」

「遊び人の仙五郎だよ」

「なにッ」

伝次郎は眉間《みけん》に深いしわを彫った。

「相手が悪いんでおれも強くいえなかったんだ。この辺じゃ札付《ふだつ》きの悪《わる》だからな。知ってるのかい、仙五郎のことを……」

「ああ、知ってる。やったのは仙五郎にまちがいないんだな」

「まちがえっこないよ」

伝次郎はそのまま仙五郎の家に足を向けた。昨夜、仙五郎が別れ際にいった言葉を思いだした。

今度出しゃばった真似をしたら、ただじゃおかないといったのだ。出しゃばったことをしているのは、仙五郎のほうだ。むかっ腹が立つとはこのことである。

伝次郎は殴りつけたうえで、償わせようと考えた。評判の悪い男だから、性根をたたき直してやってもいい。

「仙五郎……仙五郎……」

伝次郎は乱暴に戸口をたたいて声をかけた。だが、うんともすんとも返事がない。もう一度呼びかけたが、やはり同じだ。

周囲を見まわしたが仙五郎の姿はない。おしげもいない。

どうしようかと考えて、喜八郎の言葉を思いだした。おしげは回向院そばの、水茶屋ではたらいているといっていた。奥に引き込みのある店だというから、行けばすぐにわかるはずだ。

天気が回復したので、急に暑くなってきた。おしげの水茶屋を見つけたときには、脇の下にも背中にも汗をかいていた。

「おしげなら、待ってもらわないと……」

店の女がそんなことをいって、奥を振り返った。客を取っているようだ。

「それじゃここで待とう」

伝次郎がそばの床几に座ると、女がお茶だけでいいのかと、意味ありげな笑みを浮かべた。

「茶だ、早く持ってこい」

伝次郎は腹立ちまぎれに乱暴にいいつけた。

六

おしげの水茶屋は、回向院表門のはす向かいにあった。両国東広小路《りょうごくひがしひろこうじ》も近いし、回向院の参詣客《さんけいきゃく》もあるので、店の前を行き交う人の数が多い。

仙五郎に弁償させようと思うが、稼ぎはおしげ頼みだろうから、結局はおしげに払わせることになる。それも癪《しゃく》に障ることだ。しかし、黙ってはおれない。

大事な舟を壊されているのだ。

腹立ちまぎれに茶のお代わりをして、おしげを待った。小半刻ほどすると、店の奥から若い男が出てきた。にやけた顔で伝次郎を見たが、そのまま表に出て、人波にまぎれた。

おしげがやって来たのはそれからすぐだった。

「あら……」

伝次郎を見ると、気づいたらしく目をみはった。この前はくしゃくしゃの泣き顔だったが、化粧をしているいまは、そのときの印象とは大ちがいだった。ふっくらした丸顔だが、目鼻立ちは整っているほうだ。化粧ののりもいい。

「仙五郎の行き先を教えてくれねえか」

伝次郎は意外そうな顔をしているおしげに聞いた。

「行き先。あの人のですか……」

「そうだ、あいつがおれの舟を壊したんだ」

「えッ。どうしてそんなことを……」

「そんなことはおれにわかることじゃない。とにかくあいつと話をしなきゃならん。舟は修理しなきゃならないし、おれは仕事ができない。居場所を教えてくれるか」

おしげは戸惑い顔で左右を見てから、家にはいなかったのかと聞き返してきた。

「行ったが返事はなかった。だから、ここに来たんだ」

「どこにいるかはわかりませんが、夕方には戻ってくるはずです。わたしは、あの人がどこでなにをしてるのかわからないんです。でも、ひどいことを。舟は乗れないほどなんですか……」

「これから修理するところだ」

憮然《ぶぜん》とした顔でいうと、おしげは仙五郎に代わって、頭を下げて謝った。

「あんたに謝られてもしょうがない。やったのは仙五郎だ」

「そりゃそうでしょうけど、困ったことですね」

「ああ、大いに困っている。修理代はもちろんだが、今日の稼ぎもある。仙五郎にはきっちり償ってもらわなきゃならねえ」

おしげを責めても仕方ないことだが、腹を立てている伝次郎は、いつになく乱暴な口調になってしまう。

「あの、それじゃ帰ってきたら……あのお名前は？」

「伝次郎だ」

「伝次郎さんの家に謝りに行かせるようにします。どうしてそんなことをしたのか知りませんが、どうかお手柔らかにお願いできませんか。修理代はわたしが立て替えることにしますから」

「あんたに、そんなことをしてもらおうとは思っていねえ。とにかく、仙五郎に会ってから、とっくと話をする」

伝次郎は茶代を置いて立ちあがった。それからおしげを眺め、

「おまえさんも、あんな男に……」

と、いってから水茶屋をあとにした。

伝次郎はもう一度仙五郎の家に行ったが、留守のままだった。

舟が壊されることなど考えたことがなかっただけに、伝次郎は自分の不用心さをなじりながらも、仙五郎に対する怒りは収まらなかった。

以前、川政の舟が盗まれるという事件があったが、舟がいたずらされたという話は、これまで聞いたことがない。

悔しさと怒りはなかなか収まらなかった。

昼過ぎに舟着場に行って煙草を喫んでいると、小平次が道具箱を担いでやって来た。

「こりゃひでえな」

壊れた底板を見ただけで、小平次は首を振った。

伝次郎は罅が入って裂けている底板の部分を取り替えるだけでいいと思っていたが、それは素人考えで、小平次にいわせると、そのまわりの底板も替える必要があるという。

「それに、こりゃあもう大分《だいぶ》耄碌《もうろく》してる」

小平次は舟のあちこちを触ったり、木槌《きづち》でたたいたりしていう。

「年季《ねんき》は入っちゃいるが、まだ十分使える舟だ」

「そうでもねえよ」

小平次がしわ深い顔を向けてくる。

「腐りかけている板もあるし、舳《へさき》の繋《つな》ぎもゆるくなってるし、艫の戸立《とだ》てもガタがきてる」

戸立てとは、艫の下部にある梁のことだ。小平次は傷《いた》みの激しいところを、いちいち指さして教えてくれた。

「そんなに傷んでるのか……」

「ああ、ひどいもんだ。大波がきたらバラバラになってもおかしくねえ。そんな舟に客を乗せるのは考えもんだ」

「小平次さん、脅しでいってんじゃねえだろうな」

「脅しでもなんでもねえさ。まあ、騙《だま》し騙し使ってもいいとこ半年か、一年だろう」

伝次郎はさっきまでの怒りを忘れ、小平次のいうことに衝撃を覚えていた。考えてみれば、無理からぬ話である。嘉兵衛が十年近く使っていた舟である。一般に舟の寿命は十年といわれている。それを譲り受けたのだから、とっくに廃棄してもいい舟だったのだ。

「とにかく舟底の板だけ直してくれ。あとのことは考えるよ」

舟の修理は半刻ほどですんだ。さすが腕のいい船大工だけあって、小平次の作業は手際がよかった。しかし、ここもあそこも直すべきだと、何度も愚痴《ぐち》をこぼすようにいうので、伝次郎も意気消沈《いきしょうちん》してきた。

修理を終えた舟を水に浮かべたが、水漏れは見られなかった。とりあえず、いつものように舟をつなぎ止めてから、仙五郎の家に行ったが、やはり留守のままだった。

すっかり仕事をする気が失せていたので、伝次郎は仙五郎を見かけなかったかと、近所を聞いてまわったが、誰もが首を横に振るだけだった。

そんなこんなで、気づいたときには、もう日が暮れかかり、西の空に浮かぶ雲がきれいな夕焼けに染まっていた。

家に戻るついでに、もう一度仙五郎の家を訪ねたが留守のままだった。伝次郎はきびすを返すと、千草の店に行き、いつもより早く酒を飲みはじめた。

舟がいたずらされたことを話すと、

「ひどいことする人がいるのね。許せることじゃないわ。だって、商売道具でしょう」

と、千草も腹を立てる顔をした。

「許せはしねえが、壊されて、舟がもう寿命だというのもわかった。ひょっとすると、いいきっかけかもしれねえ」

伝次郎は正直に、そう思ってもいた。

「なにが、いいきっかけなんです？」

「舟を替えるってことだ」

「まったく人のいいことをおっしゃいます」

千草があきれ顔をしたときに、いつもの客がひとり二人とやってきた。

その夜、伝次郎が千草の店を出たのは、宵五つ（午後八時）前だっただろうか。

あかるい月が空に浮かんでいた。店を出ると、すぐに千草が追いかけてきた。

「伝次郎さん、明日、行っていいかしら」

小声で求めるような目を向けてくる。

「いいさ。いつでも……」

伝次郎がそう応じると、千草がさっと伝次郎の手をつかんで微笑んだ。人に見られないようにすぐに手を離したが、その手の感触がいつまでも伝次郎の掌に残っていた。

伝次郎は家に帰る前に仙五郎の家の前に立った。だが、あかりが感じられない。

(まだ、帰ってきてねえか)

胸の内でぼやいて、伝次郎は家路についた。

翌朝は、いつものように早起きをして井戸の水を使ってから、仕事の支度《したく》にかかった。支度といっても、浴衣《ゆかた》を脱ぎ捨てて、股引を穿《は》き、腹掛けに船頭半纏というなりになるだけである。

しかし、着替えながらも昨日小平次にいわれたことがこたえていた。

(やっぱり、舟を新しくしなきゃならねえか)

一晩明けると、そんな気になっていた。もちろん、腹の底には仙五郎への腹立ちもある。だから、舟に行く前に仙五郎の家を訪ねるつもりだった。

長屋の連中に挨拶をして表通りに出ると、二人の手先を連れた町奉行所同心が、伝次郎を見て立ち止まった。

本所見廻り同心の広瀬《ひろせ》小一郎《こいちろう》だった。伝次郎とは知った仲だ。だが、小一郎の目はいつもとちがった。無表情のかたい顔で近づいてくると、

「いいところで会った。いま、おぬしを訪ねるところだったんだ」

といった。

「なにかありましたか？」

「おぬしに話を聞かなきゃならねえ。番屋までついてきてくれるか」

小一郎は有無《うむ》をいわせぬ顔で、顎をしゃくった。

「ちょっと待ってください。いったいなんです」

歩きだそうとした小一郎が、ゆっくり顔を振り向けてきた。

「おぬしに殺しの疑いがあるからだ」

# 第三章　南割下水《みなみわりげすい》

一

「殺し……」

伝次郎は色白の小一郎の顔を正面から見た。

「仙五郎という男を知っているな」

「やつがどうかしましたか」

「その仙五郎が殺されたんだよ。とにかく話を聞きたい」

「待ってください」

小一郎がゆっくり振り返った。

「番屋でないところで話をします。番屋で話をすれば、おれの昔のことがこの近所に知られます。そうなると、みんなの見る目が変わってくるでしょう。おれはもう一介の船頭なんですから、余計な噂が流れると暮らしにくくなります」

小一郎は伝次郎を値踏みするような目を向けたあとで、しばらく考えるように鳶《とんび》の舞う空を眺めて視線を戻した。

「よかろう。だったらおぬしの家がいいだろう」

そのまま伝次郎は小一郎を連れて、自宅に引き返した。家の中に小一郎と二人の手先を入れると、戸をきっちり閉めた。いっしょにいる手先は、道役《みちやく》と呼ばれる下役である。

小太りのほうが甚兵衛《じんべえ》、五十がらみで髷《まげ》に霜を散らしているのが善太郎《ぜんたろう》といった。

「茶などいらねえから、話が先だ」

湯をわかそうとした伝次郎に釘を刺して、小一郎は勝手に居間に上がり込んだ。伝次郎もその前に座る。

「仙五郎が殺されたって、それはどういうことで……」

「おれが聞くんだ」

小一郎はぴしゃりと遮ってつづけた。

「おぬし、仙五郎に舟を壊されたそうだな」

「石を投げつけている仙五郎を見た河岸場人足がいるんで、まちがいないはずです」

「昨日はやつを探しまわっていた。そうだな」

「大事な舟を壊されたんです。黙ってるわけにはいきませんからね」

「いっしょに住んでいるおしげの店にも顔を出してるな」

「はい」

伝次郎は小さく嘆息した。ここは素直に答えていくしかない。

「それで、何度も仙五郎の家を訪ねた」

「いつも留守でした。やつには会えませんでした」

「ほんとうかい」

小一郎は目を細めて見てくる。伝次郎の腹の内を探ろうという顔だ。

「小平次という船大工に舟の修理をさせたあとは、どこでなにをしていた。詳しく話してもらおうか」

伝次郎は完全に疑われている。それに小一郎はあらかたの調べをすませているようだ。仙五郎がどこでどうやって殺されていたのか、それを聞きたいが、まずは自分への疑いを晴らすのが先だ。

伝次郎は昨日のことを、逐一話していった。もちろん、嘘偽りなどない。

「すると、深川元町の『ちぐさ』を出たのは、宵五つ（午後八時）頃だった。そして、家に帰る前にもう一度仙五郎の家に行ったが、やはり留守だった。その時刻は、五つから四半刻《しはんとき》ほどたった頃だった」

「そんなもんでしょう」

「それでまっすぐ家に帰って、それからこの家は出ていない」

「そうです」

「それを知っているものはいるか？」

伝次郎は視線を泳がせた。

「わかりません。この長屋に帰ってきたときには、誰とも会いませんでしたし……」

小一郎は長いため息をついた。困ったな、とつぶやきを漏らして、伝次郎を眺める。

「おぬしにこんな疑いなどかけたくはねえんだ。それに、おぬしがやったとも思っちゃいねえ。だが、どうにも具合が悪い。なにより、昨日おぬしは目の色を変えて仙五郎を探しまわっている。しかも、やつの家に何度も行っている」

「舟を壊された恨みで、おれが仙五郎を殺したと……」

「思いたくはねえさ。だが、疑うだけのことがありすぎる」

「仙五郎はどこで殺されてたんです？」

「二ツ目通り、南割下水《みなみわりげすい》のそばだ。見つかったのは、昨夜の五つ半（午後九時）頃。一太刀《ひとたち》で、胸を袈裟懸《けさが》けに斬られていた。その刻限、おぬしはこの家にいたというが、たしかだと証言してくれるものが、いまのところはいないってわけだ」

伝次郎は黙り込んだ。仙五郎が殺された場所は、人気《ひとけ》の少ない武家地であるし、御竹蔵《おたけぐら》の裏通りだ。

「下手人の手掛かりはなにもないってことですね」

「あれば、おぬしを疑いはしないだろう」

伝次郎は黙って立ちあがると、奥の間に行き、人目につかないように枕屏風で囲った夜具の下から愛刀・井上真改をつかんで元の場所に戻った。

「広瀬さんだったら、この刀が使われたかどうかわかるはずです。昨夜使って、丹念に手入れをしていれば、そのことも見分けをつけられるでしょう」

小一郎は黙って刀を受け取ると、すらりと刀を抜いた。手入れをしたのは十日ほど前だ。それから刀を抜いたことはなかった。

小一郎は丹念に眺めた。研ぎすまされた刃《やいば》は、家の中でも鋭い光を放っていた。人を斬った刀には脂《あぶら》がつくし、鍔元《つばもと》に血が付着することもある。また刃こぼれを起こす。

小一郎はじっくり眺めたあとで、ゆっくり刀を鞘《さや》に納めて伝次郎に返した。

「わかった。この刀はおそらく使われていねえだろう。だからといって、疑いを解くわけにはいかねえ。おぬしもそのことはわかるだろう」

伝次郎は口を引き結んで、うなずくしかなかった。

「とにかくおぬしが、昨夜『ちぐさ』から戻ってきて、どこにも出ていないということを調べなきゃならねえ。仙五郎が見つかったのは、斬られて間もなくのことだ。血もぬるかったし、まだ体にはぬくもりがあった。つまり、殺されたのは昨夜の五つから五つ半頃と考えていい」

つまり、伝次郎はその半刻の間の、不在証明をしなければならないということだ。小一郎が顎をしゃくると、甚兵衛と善太郎が心得たという顔で家を出て行った。長屋の住人への聞き込みをしに行ったのだ。

伝次郎はその結果を黙って待っているしかない。ここでなにをいっても、無駄だということはわかっている。その代わり、

「やはりお茶をわかしましょう」

といって、台所に立った。

「伝次郎、我慢してくれ。おれもこういうことは辛《つれ》ェんだ」

「わかっています」

伝次郎は背中を向けたまま答えた。湯がわくと、丁寧《ていねい》に茶を淹れて、小一郎のそばに戻った。甚兵衛と善太郎は、ほどなくして戻ってきた。

二人とも小一郎を見て、首を横に振った。伝次郎が昨夜、問題の時刻に家にいたかどうかは誰も知らないということである。

小一郎があらためて厳しい目を向けてきた。

「伝次郎、下手人を探すんだ。見つけられなきゃ、おれはおぬしに縄を打つことになる」

伝次郎はそういう小一郎を、にらむようにまっすぐ見た。

二

口書《くちがき》を取らず、下手人を探せといったのは、広瀬小一郎の思いやりだった。伝次郎はそのことに感謝しながらも、持って行き場のない怒りにとらわれていた。

仙五郎という男に関わったばかりに、舟を壊され、殺しの疑いをかけられ、あげく下手人探しである。しかも殺されたのは、町で疫病神《やくびょうがみ》のように思われている仙五郎である。痴話喧嘩の仲裁に入るという些細《ささい》なきっかけが、こんなことになってしまった。

しかし、じっとしているわけにはいかない。とにかく仙五郎殺しの下手人探しをするしかない。

小一郎は短い時間で調べたことを、つまびらかにしてくれた。

それは、仙五郎が殺された場所、おおよその時刻、そして同居していたおしげには疑いがないということであった。もっとも疑わしいのは、これから探索をはじめなければならない伝次郎本人である。

もし、真の下手人を捕縛《ほばく》できなければ、伝次郎の立場は危うい。舟を壊された恨みで殺しに到ったという動機付けができるし、仙五郎に因縁《いんねん》めいた言葉を吐き捨てられているところを見たものもいる。

さらに、昨日、伝次郎は血相変えて仙五郎を探しまわっていた。第三者から見れば、もっともあやしい人物に思われても仕方ないことである。

伝次郎が最初に会ったのはおしげだった。仕事を休んで、死んだ仙五郎のそばにうなだれて座っていた。訪ねてきた伝次郎を見ると、泣きはらした目を厳しくした。

「とんだ災難だったたな」

悔やみを述べる気にはならないので、伝次郎はそういって上がり框《かまち》に腰をおろした。

「昨日、仙五郎がどこに行っているか、おまえさんは知らないといったが、心あたりはないか？」

「そんなことはもう町方の旦那に話してあります」

「それは聞いている。だが、おまえさんから聞きたいんだ。なにか思いあたるようなことはないか？」

伝次郎は静かにおしげを眺める。おしげは唇を嚙《か》んで、出そうになった涙を堪《こら》えた。障子越しのあわい光が、おしげの顔を包んでいた。

「それじゃ、仙五郎と付き合いのあった人間を教えてくれないか」

「それももう話してあります。どうしてあなたにいわなきゃならないんです」

「おれが疑われているからだ。だが、天地神明《てんちしんめい》に誓っておれはやってない」

「……」

「昨夜、おれはこの家に来ている。おそらく仙五郎が殺された頃だ。そのとき、おまえさんも留守にしていたようだが……」

「湯屋に行ってたんです」

たしかにそう聞いていた。

「仙五郎がこうなったと知ったのはいつだ？」

伝次郎は座敷に寝かせられている仙五郎を見て聞いた。仙五郎の顔には白い布がかぶせられていた。

「昨夜です。ずいぶん遅かったです。この人が帰ってきたんだろうと思ったら、甚兵衛さんという道役でした。亀沢町《かめざわちょう》の御用屋敷に来てくれっていわれて、行ってみるとこの人がこうなっていたんです」

本所亀沢町の御用屋敷とは、本所方《ほんじょかた》（本所見廻り役）が公用で使っている屋敷だった。本所方の与力《よりき》・同心は、本宅のある八丁堀から通うのは遠いので、この屋敷で寝泊まりすることがある。

昨夜は広瀬小一郎が御用屋敷の宿直番《とのい》についていたので、仙五郎の一件をいち早く調べたのだった。

「仙五郎の死体が見つかったのは、南割下水の西だった。あっちのほうに仙五郎の知り合いがいるのか？」

わからないとおしげはかぶりを振って、涙ぐんだあとで、仙五郎と知り合った経緯《いきさつ》を話しはじめた。伝次郎は黙って耳を傾ける。

おしげは品川《しながわ》の旅籠《はたご》ではたらいていたらしい。自分ではそうだとはいわないが、どうやら飯盛《めしも》り女だったようだ。

「この人はやさしくしてくれて、そして日を置かずに訪ねてきたんです。それで、おまえはこんなとこにいる女じゃない。おれが面倒を見るからって……それでわたしはこの人のことを信用して、勤めていた旅籠を夜逃げするようにして出たんです」

「……………」

「やくざっぽい人だから気をつけなきゃと思っていたんですけど、わたしも品川ではたらくのがいやだったたし、妙にやさしくしてくれたんで……情にほだされたっていうんですか、そんな按配《あんばい》でした。でも、やさしかったのはほんの一月ほどで、わたしに仕事を押しつけて……結局はこの人のためにはたらくようなことになって……いやなことがあると、わたしに八つ当たりして殴ったり蹴ったり……何度も別れよう、逃げようとしたんですけど、そのときになると、この人は急に小さくなって一心に頭を下げて謝るんです。悪かった、もう二度としない、おまえがいないと困るんだ、おれを捨てないでくれと……。でも、その繰り返しでしたけど……」

おしげはぐすんと洟《はな》をすすって、自嘲《じちょう》めいた笑みを浮かべた。

「付き合ってどのくらいになる？」

「一年半ほどです。半年前にここに移ってきて、その前は神田のほうにいたんです」

「神田……」

伝次郎はつぶやいて宙に視線を彷徨《さまよ》わせた。障子越しのあわい光が、宙空に舞う塵《ちり》を浮かびあがらせていた。

仙五郎は質《たち》の悪い男だ。以前の住まいでも、問題を起こしているはずだ。そこで恨みを買っていたと考えることもできる。

「神田のどこに住んでいた。なんという長屋だ？」

おしげは不思議そうな顔をして、まばたきをした。

「平永町《ひらながちょう》です。菊兵衛店《きくべえだな》という長屋でした」

「その頃、仙五郎は仕事を……」

「いいえ、この人は仕事なんてやったことないんです。わたしといっしょになる前は、いろいろやったようなことをいってましたけど……でも、どうしてそんなことを？　船頭さんでしょう」

「仙五郎を殺したやつを見つけたいんだ。仇《かたき》を取ってやる」

「仇を……」

「おまえさんにとって大事な男だったんだ。このままじゃ悔やみきれないだろうし、仙五郎だって浮かばれない。そうだろう」

「ほ、ほんとに……」

「なにか思いだすようなことがあったら、知らせてくれるか。おれはこのすぐ先の福之助《ふくのすけ》店に住んでる」

そういって立ちあがった伝次郎を、おしげは惚《ほう》けたような顔で眺めていた。

三

おしげにはまだいろいろ聞きたいことはあったが、他のことはもう少し落ち着いてからでいいだろうと、伝次郎は考えた。

船頭仕事は急遽《きゅうきょ》、休業である。自宅長屋に戻った伝次郎は、着流しに着替えた。

当分の間は、聞き込みをつづけなければならない。船頭のなりでは、相手に足許を見られるだろうし、下手な穿鑿《せんさく》を受けるだけだ。

刀をどうしようかと迷ったが、やはり持っていくことにした。刀を差すことで、威厳が増す。町の者たちが、そう感じるのを伝次郎はよく知っている。

まずは、仙五郎の死体が見つけられた南割下水へ足を運んだ。御竹蔵の東側である。小一郎の話では、南割下水のどんつきにある橋のそばだった。

周辺は武家屋敷ばかりだ。西側には御竹蔵の塀と、その周囲にめぐらしてある掘割がある。昼間でも人の姿はあまり見ない。

仙五郎は袈裟懸けに一太刀されていた。その場所で殺されたのか、もしくは他の場所で斬られたのか？　小一郎の見解は、その場で斬り捨てられたということだった。

伝次郎も死体の見つかった場所に立って、おそらくそうだろうと思った。仙五郎の懐《ふところ》には財布が残っていたから、物盗りとは考えにくい。

（しかし、なぜここで……）

伝次郎は周囲を見まわした。このあたりには旗本や御家人《ごけにん》が多く住んでいる。そして、ときどき旗本屋敷や御家人屋敷が賭場《とば》に使われることがある。

（博奕《ばくち》か）

十分考えられることだが、おそらく小一郎が探りを入れているはずだ。本所方は、その方面に通じている。

殺しの現場をあとにすると、そのまま山城橋へ行き、昨日修理してもらったばかりの舟に乗り込んだ。小袖を尻端折《しりはしょ》りして、雪駄《せった》を脱いで裸足《はだし》になる。棹と櫓を使いやすいように襷《たすき》をかけた。

声をかけてくるものはいないはずだ。船頭半纏を着ていなければ、客を乗せる猪牙だとは思われない。

ゆっくり舟を出して竪川に乗り入れる。伝次郎は小平次が修理してくれた箇所に注意の目を向けたが、水漏れはなかった。だが、舟の寿命を考えた。

(やはり、舟を新しくするか……)

昨夜からそう思うようになっていた。皮肉なことだが、仙五郎に壊されたのがきっかけである。そして、その仙五郎の仇を討つために、自分は動いている。

(ちがう、身の潔白を証すためだ)

そう胸の内にいい聞かせても、所詮《しょせん》は同じことかと、苦笑するしかない。

大川は波穏やかだった。日の光に照り輝く水面に、桜の花びらが浮いていた。もう花の見頃は過ぎている。伝次郎は棹から櫓に替えて、大川を横切るように遡上《そじよう》し、大橋、柳橋とくぐり抜けて神田川に入った。

舟を和泉橋のたもとにつけると、河岸道にあがって、仙五郎とおしげが以前住んでいた長屋に向かった。

そこは小さな家や長屋がごみごみと建てこんだ場所にあった。菊兵衛店はそんな町の一角にあった。木戸番小屋を訪ねると、詰めている番太《ばんた》が不思議そうな顔をした。

「どうした？」

「いえ、どっかで会ったような気がしたもんで……」

「気のせいだろう。そこの長屋に仙五郎という遊び人が住んでいたのを知っているか？　おしげという女といっしょだったはずだが……」

訊ねる矢先に番太はいやそうな顔をした。

「知ってるもなにも、この辺じゃ知らないものはいませんよ。引っ越してくれたんで、せいせいしてんですけど、あの男がどうかしましたか？　まさかお侍、あの男の友達だなんていわないでくださいよ」

番太は顔をこわばらせる。

「安心しな、そんな仲じゃない。その口ぶりからすると、仙五郎はずいぶん迷惑をかけていたようだな」

「迷惑なんてもんじゃありませんよ。あんなの早くおっ死《ち》んじまえばいいと思っていたのはひとりや二人じゃありませんよ。あの男が引っ越してった日には、お祝いをしたぐらいです」

伝次郎はこの番太で、用は足りそうだと思った。

「そんなに恨まれていたのか」

「おしげさんはいいんですが、仙五郎は始終喧嘩はするわ、なんでもないのに因縁をつけるわ、気に入らないとしつこいほど嫌がらせをやってたんです。厠をぶっ壊したり、子供と女房のいる家に乗り込んで、亭主を殴りつけたり、あげたら切りがありません」

「それじゃ大家も名主《なぬし》もいい迷惑だっただろう」

番太はいいえと、鼻の前で手を振る。

「大家も名主も触らぬ神にたたりなしで、ことが起きても見て見ぬふり、知らんぷりです。下手に口出しすりゃ、なにされるかわかったもんじゃありませんからね。町の親分も手を焼いていたぐらいです」

「そりゃ、金三郎《きんざぶろう》のことか？」

たしかこの辺を縄張りにしている岡っ引きは金三郎だった。

「へえ、ご存じで……。仙五郎のことを誰より知ってんのは、金三郎親分でしょう」

「ふむ、それじゃ金三郎に会わなきゃな。邪魔をした」

立ち去ろうとすると、すぐに番太が声をかけてきた。

「やっぱ、お侍の旦那はどっかで見たような気がするんですがねえ」

「似た人間は何人もいるからな」

さりげなくかわすと、

「それで、仙五郎がどうかしたんですか？」

と、聞いてくる。

「殺されちまったんだ」

「ヘッ。ほんとですか、そりゃよかった……いえ、そうなんですか。へえ」

番太は目をまるくして驚いたが、顔には安堵の色があった。

四

金三郎の家は神田須田町《すだちょう》にあった。女房に惣菜屋《そうざい》をやらせている男だ。その惣菜屋に行くと、女房のおたねが幽霊でも見たような顔を伝次郎に向けた。

「だ、旦那は、沢村の……そうですよね」

おたねは前垂れをつかんで近寄ってきた。

「ああ、久しぶりだな」

「いったいどうしてたんですか？　ときどきうちの亭主と旦那のことを話していたんですよ。いやあ、お元気そうで、それにすっかり日に焼けちまって……」

おたねは、ささ、茶を淹れるから休んでいってください、と勧める。数年ぶりの再会だが、おたねはずいぶん老けていた。腰が少し曲がっていて、目の下がたるみ、顔のしわも増えていた。

「悪いがそんな暇はないんだ。金三郎に会いたいんだが、どこへ行きゃ会える」

「あの人だったら、紺屋代地《こんやだいち》の伊左衛門《いさえもん》さんの店でしょう。碁に凝っちまって、暇があると伊左衛門さんの相手をしてんです」

「伊左衛門というのは？」

「菊菱《きくびし》って染物屋のご隠居です。行けばすぐわかりますよ」

「わかった。邪魔をした」

「あ、旦那。お茶を……」

伝次郎は今度ゆっくり遊びに来るといって、菊菱という店に行った。なんてことはない、金三郎はその店の前に置かれた床几に腰かけて、のんびり茶を飲んでいた。

そして、伝次郎に気づくと、発条《ばね》仕掛けの人形のように立ちあがった。

「こりゃあ……」

開いた口へ餅、みたいな顔になった。

「久しぶりだな。ちょっと見ないうちに貫禄《かんろく》がついたんじゃねえか」

「やっぱそうですよね。沢村の旦那だ。いえ、旦那のことは小耳に挟んじゃいたんですが……いや、お元気そうでなによりです」

金三郎はずんぐりした体を揺すり、嬉しそうに笑った。

「どんなことを小耳に挟んでたのか知らねえが、そのことはこれだ」

伝次郎は口の前に指を立てて、金三郎が座っていた床几に腰をおろした。

「いきなりだが、平永町の菊兵衛店に住んでいた仙五郎を知っているな」

「仙五郎……あの野郎がなにかやらかしましたか？」

金三郎はあからさまにいやそうな顔をした。五十男だが血色がいい。

「殺されたんだ」

金三郎は目を見開いて、ほんとうですか、とつぶやきを漏らした。

「昨夜のことだ。下手人はわからねえ。ところが困ったことに、おれが疑われている。このこと構えて他言《たごん》されちゃ困るが、仙五郎に恨みを持っていたやつにあたりをつけたいんだ」

伝次郎はそういって、自分が疑われた経緯をかいつまんで話した。金三郎は年季の入った岡っ引きで口も堅いし、信用もおける。正直に話しても問題はなかった。

「そりゃ困りましたね。それにしても旦那にも迷惑をかけてたんじゃ、いや、大いに迷惑をかけて殺されたってことじゃねえですか」

金三郎は話を聞き終えて、短く嘆息した。

「聞いたところ、仙五郎は平永町界隈《かいわい》でも揉《も》め事を起こしてたようだ。ひょっとすると、こっちにいたとき恨みを買っていたんじゃないかと思ってな。そんなやつに心あたりはないか？」

金三郎は少し考える目をしてから答えた。

「正直いいますと、あっしもあの野郎を殺したいと思ったことがありやした。一度や二度じゃありません。町の中にもそんなやつが何人かいますが、まあ本気で殺しができるような人間じゃありません。ですが……」

伝次郎は言葉を切った金三郎を眺めた。

「ひょっとすると源造《げんぞう》さんなら……」

「そいつは？」

「へえ、黒門町《くろもんちょう》の親分です。やくざから足は洗っちゃいますが、あの人なら……」

「なぜ、そうだと思う」

「まあ手短に話しますが、やつが引っ越しをしたのも、源造さんのことがあったからなんです」

金三郎はそういって話しはじめた。

仙五郎の長屋の大家・菊兵衛が相談があると、沈鬱《ちんうつ》な顔でやってきたのは、金三郎が北町の同心といっしょに見廻りをして帰ってきたときだった。

「相談ていうのは……」

金三郎が疲れた足を揉みながら菊兵衛を見ると、仙五郎のことだという。

「またあの野郎なにかやりましたか」

「やったってもんじゃないよ。畳屋の新吉《しんきち》の家に乗り込んで、帰ろうとしないんだ」

「新吉って、この前女房をもらったばかりの新吉ですか？」

親のあとを継いだ新吉ははたらき者で、腕のいい畳職人だという評判だった。その腕と人柄を見込まれて、須田町の瀬戸物問屋・田村《たむら》屋が、是非にもうちの娘をもらってくれといって差しだしたほどである。

「女房のお君《きみ》さんは、田村屋の大事な娘だ。それに、新吉の子を身籠《みご》もってもいる。そんな家に居座って帰らないっていうんだ」

「いったいどういう了見《りょうけん》で？」

「仙五郎はなんでも、畳替えを頼んだのに新吉がやってこないから腹を立ててるらしいんだよ。それで、自分の家の畳替えが終わるまでは、この家を出ないっていってへそ曲げてんだよ。それが昨夜からでねえ」

「それじゃ一晩新吉の家に居座ってるってことじゃないですか」

「そうなんだよ。お君さんは身籠もってるから、田村屋の旦那とおかみさんは、気が気じゃなくて、どうにかしてくれという。それでわたしが話しに行ったんだがね。どうにもいうことを聞かないんだよ。おれの家の畳替えが終わるまでは、半月でもひと月でも帰らねえってぬかす。新吉さんに、そっちの仕事を先にやったらどうだというんだが、新吉さんも近所の殿様へ納めなきゃならない畳があるらしくてね」

「そりゃ、新吉夫婦にはいい迷惑じゃねえですか」

「だけど、事を荒立てたくないんだよ。田村屋の旦那がどうか穏便《おんびん》に取りはからってくれというんだが、相手が相手だろう。どうにも困っちまってね。それで、源造親分に中に入ってもらおうと思って相談に行ったんだけどね」

「それで……」

「源造親分がひとりで乗り込むと、どうなるかわからねえ。子分を連れていきゃ、かえって大事《おおごと》になるだろうから、おれを連れて行こうってことになったんです。源造親分が開き直ったとき、取りなしができるのはおれしかいないだろうってことなんです。まあ気乗りはしませんが、そういうことなら行ってみましょうか、てことになったんです」

金三郎が重い腰をあげると、菊兵衛は田村屋から三両預かってきたといって、その金をわたしてきた。

「どうにもならないときは、金ですまそうってことなんです。なにせ、お君さんの腹には赤ん坊がいるんで、体に障りでもしたら大変でしょう」

「まったく面倒なことを、仙五郎の野郎。じゃあ、ちょいと行ってきましょう。それで源造親分は？」

「新吉の家のそばで待ってます」

金三郎はそのまま新吉の家に向かった。なるほど、家の近くまで行くと、どこからともなく源造が姿をあらわした。

「金三郎、すまねえな。おれも老いぼれちゃいるが、昔の元気はまだある。まちがいを起こすようだったら止めてくれ」

源造はたしかに年を食いすぎていた。それでも、町内では一目置かれる存在だ。昔は小荷駄《こにだ》の源造と呼ばれた男だった。小荷駄鞍師《くらし》が元の商売だったからしいが、一時は二十人近い子分がいたそうだ。

「それで親分と雁首《がんくび》揃えて行ったんですがね。どうにも仙五郎の野郎は、始末が悪いんで往生したなんてもんじゃないんです」

当時を思いだしながら金三郎は話をつづける。

伝次郎は菊菱の小僧が運んできた茶を受け取って耳を傾ける。

新吉の家に入ると、奥の居間に仙五郎があぐらをかいて座っていた。その背後には小さくなって、いまにも泣きそうな顔をしているお君がいた。新吉は、そばの仕事場で畳表の張り替え作業に精を出していた。

家の中にはどうにも険悪な空気が流れていて、新吉もお君も悲愴な顔をしていた。

「こりゃあ、大家のつぎは岡っ引きの親分と、小荷駄の源造親分さんですか。ご苦労なことだ」

仙五郎は二人を見て減らず口をたたいた。

「仙五郎、おれのことを知ってるなら話は早《はえ》ェや」

源造は居間にあがると仙五郎のそばに行って座った。金三郎も少し離れて座った。

「話は聞いたよ。まあ、おめえの気持ちもわからなくはねえ。だけどよ、新吉の都合ってもんもある。少しはわかってくれてもいいじゃねえか」

源造は下手《したで》に出て諭《さと》しにかかった。

「それじゃ客の都合はわからなくっていいってことですかい。冗談じゃありませんぜ。客あっての商売じゃねえですか。それをいつまでもこの野郎が放っぽっておくから、おれは堪忍できなくなったんです」

「まあ、おめえの気持ちもわかる。だがよ、人の家に上がり込んで帰らねえってのは考えもんだろう。おめえも大の大人だ。ここは一度帰って、新吉が来るのを待ちゃいいじゃねえか」

「待ってもこねえから、こうしてんです」

「そう聞き分けのねえことをいうんじゃねえよ。お君さんは身重なんだ。体に障っちゃ、腹ん中の子がどうなるかわからねえだろう。その辺も考えて、ここはおとなしく、おれの顔を立ててくれ。な、そうしてくれ」

「なにいってんだい。なんで、おれがあんたの顔を立てなきゃならねえんだ。それじゃおれの顔はどうなってもいいっていうのかい」

開き直った仙五郎のこの言葉に、金三郎はハッとなった。案の定、源造の顔に血が上っていた。それでも、源造は腹立ちを抑えて言葉をついだ。

「ガキみてえに駄々こねるようなことをいうんじゃねえよ。お君さんの親も心配してるし、注文の仕事が遅れたことは、新吉も詫びてるんじゃねえか、え。だがよ、まァおれもガキの遣いでやってきたわけじゃねえ。また、おめえにも考えはあるだろうから、これで腹の虫をおとなしくさせて、ひとまず帰ってくれねえか」

源造はそういって、家に入る前に金三郎から受け取った金三両を差しだした。

仙五郎はその金と源造を交互に見比べた。

「なんだいこの金は？」

「まあ、詫びの印だ。お君さんの親がこれで片をつけてくれないかとの頼みなんだ。そのうえ新吉もおめえの家の仕事はちゃんとやるんだから。な、このままおとなしく帰ってくれ。おめえはなにも損しねえじゃねえか」

「冗談じゃねえやッ！　なんだこんな目腐《めぐさ》れ金《がね》を出されたからって、はい帰りますという仙五郎だと思ってんのか。なめんじゃねえぜッ！」

仙五郎は目の前に置かれた金三両を、思いきり片手で払った。山吹色の小判三枚が畳の上をバラバラに転がって止まった。

（しまった）

と、金三郎は思った。

仙五郎が金を受け取れば、恐喝の廉《かど》でしょっ引《ぴ》こうと思っていたからだ。だが、そうはならなかった。さらに、源造の目つきが変わった。

「やい、おれも大概に堪えてるんだ。てめえになめられるような小荷駄の源造じゃねえ。そこまでいうんだったら黙っちゃいねえ」

いうが早いか、源造が懐の匕首《あいくち》を抜いたから、金三郎は大いに慌てた。

「待ってください、親分。ここは堪えて、堪えてください。刃物はいけません。とにかくここは抑えてください」

金三郎は必死に源造を止めたが、仙五郎の口は止まらなかった。

「やるんだったら、やってみやがれってんだ。昔ゃ元気者だったんだろうが、へん、いまはただの老いぼれじゃねえか。この仙五郎を甘く見るんじゃねえ！」

なんだとォ、と源造は歯がみをして悔しがったが、金三郎に肩をつかまれているのでどうしようもできない。


「あっしは、なんとか源造親分を宥《なだ》めて、いったん帰って出なおすことにしたんです。それにしても、源造親分の悔しがりようはありませんでしたよ。おれがもう少し若けりゃ、あんな野郎ひねり潰《つぶ》してやると、何度もぼやいてましたっけ」

「それでどうやって収まりをつけた」

伝次郎はその先を早く聞きたかった。

「へえ、源造親分を家に送っていくと、あっしはそのまま、新吉の家に戻りましてね。仙五郎にこういってやったんです。おい仙五郎、お君さんのやや子が死んじまったらてめえが殺したことになる。見てみな、お君さんを。辛《つら》そうにしてるじゃねえか。顔色だってよくねえ。もしものことがあったらてめえは人殺しだ。そうなったら、てめえのその首はなくなるってことだ」

「ふむ」

「あの野郎、それはお君の勝手だといい返してきましたが、おれも十手《じって》を預かる身、てめえのいいようにはさせねえ。おめえは話がわからねえようだから、これから番屋に行って、御番所の旦那とじっくり話をしようじゃねえかといってやったんです。するとあの野郎も少し考える顔になりましてね。番所の旦那が出てくる幕じゃねえだろうといいやがる。だが、あっしは引きませんでした。とにかく番屋についてこいといったんです。すると、あの野郎、しぶしぶと、まあ今日は親分の顔を立てて帰ることにする、とやっといってくれたんです」

「それで落ち着いたわけじゃないだろう」

「へえ、あっしは翌朝、あの野郎の家に乗り込んで、たっぷり脅しを利《き》かせたんです。てめえ、昨夜は源造親分にずいぶんなことをいいやがったな。あの人を甘く見るんじゃねえぜ。これから夜道やひとり歩きには気をつけるんだ。源造親分は昔の子分をこっそり裏で動かしてる。それがどういうことだかわかるかって、いってやったんです。それで、野郎をじっと見ると、青くなって、ほんとうですかと聞く。あっしはいってやりました。てめえの命もまあ、あと二、三日かもしれねえって。野郎は冗談じゃねえといいましたが、もう気が気でないという顔で狼狽えていましたっけ」

金三郎は当時を思いだしたのか、短く笑ってから、仙五郎とおしげが夜逃げするように引っ越していったのは、その数日後だったと付け加えた。

「すると、仙五郎殺しは源造だと……」

伝次郎は金三郎の顔を、まじまじと見た。

「そうはいいませんが、まあそんなことがありましたから……。長い話しちまってすいません」

「いや、仙五郎の悪たれぶりがよくわかった。いずれにしろ、恨みを買いやすい男だったようだし、殺されても不思議はないだろう。それでも、下手人は探さなきゃならねえ」

「もっともで……」

「金三郎、おれが動くと源造も警戒するだろう。ひとつ、おまえが源造を探ってくれねえか。無駄になるかもしれねえが、頼まれてくれ」

「旦那にいわれちゃ断れませんよ。わかりやした。探るだけ探ってみましょう。それで、わかったらどうします？」

伝次郎は自分の家に来てもらおうかと思ったが、留守が多い。それで、音松のことを思いだして、

「深川佐賀町に音松って油屋がある。そこに知らせてくれ。主も音松というが、そいつは昔おれが使っていた小者だ」

といった。

「知ってますよ」

話は早かった。

五

その日の伝次郎は忙しかった。

金三郎と別れると、そのまま舟に戻り大川を下った。大名屋敷に桜の木や辛夷《こぶし》の白い花が見えるが、桜はもうほとんどが散っていた。青空が広がっていて、じっと動かない雲が浮かんでいた。

伝次郎は仙五郎殺しも気になっているが、舟を下らせながら何度か小首をかしげ

た。

これまで感じたことのない兆候が舟にあるのだ。水漏れは見られないが、それはかすかに軋む舟の異音だった。

小平次がいったように、目に見えない舟の傷みがあるようだ。

猪牙は大きな波のうねりで、舳先《みよし》を持ちあげて、坂を下るように沈み込むときがある。そんなとき、これまで聞かれなかった軋みがするのだ。それは、舟が悲鳴をあげているように感じられた。

(やはり、寿命なのか……)

そう思わずにはいられない。万が一、客を乗せているときに事故を起こしたらことである。これは本気で舟を新調しなければならないと思った。

音松を訪ねると、めずらしく店番をしていた。女房のお万は親戚の法事に出かけているらしい。

茶を出されると、伝次郎は仙五郎殺しについて話をした。もちろん自分の舟が壊されたことや、おしげと仙五郎の仲、そしてさっき金三郎から聞いたことなどを含めてである。

「そりゃ、とんだ災難ではありませんか。それにしてもその仙五郎って野郎は、よっぽど質が悪かったようですね」

「性根《しょうね》の腐った野郎だ。おしげをうまく抱き込んで、いいように稼がせて遊んでいた男だ。それに、恨みを持った人間は、おそらくひとりや二人じゃなかったはずだ」

「しかし、旦那が疑われているってのは、面白くありません。あっしにできることがあれば、なんでもしますよ」

「悪いが頼まれてくれるか。だが、今日のところはいい。明日、おれの家に来てくれ。それまでに、なにかわかっているかもしれねえ。それに金三郎との連絡《つなぎ》の場をこの店にしている。勝手にそうしたがいいかい」

「いいもなにもどんどん使ってください。お万もそのくらいのことは心得ていますんで」

「すまねえ」

伝次郎はそのまま山城橋へ戻り、舟をつなぎ留めると、松井町一丁目の自身番を訪ねた。広瀬小一郎が常からこの自身番を、連絡場に使っていることを知っているからだった。

詰めている店番に小一郎がどこにいるか知らないかと訊ねると、町内の聞き込みをしていると教えられた。店番もそうだが、そばにいた書役《かきやく》も、伝次郎に不審の目は向けなかった。小一郎が伝次郎に疑いをかけているといっていない証拠である。

町内をひとめぐりすることもなく小一郎には会えた。二丁目のほうから松井橋をわたってくる小一郎と出くわしたからである。

「どうです？」

伝次郎は開口一番に聞いた。小一郎は首を横に振ってから、口を開いた。

「仙五郎のことを聞けば聞くほど、癪に障る野郎だ。殺されたって仕方ねえと思っちまう。まあ、それはいいとして、おぬしのほうはどうだ？」

「まだ、これからです」

金三郎から聞いた話をしてもいいのだが、余計な情報を入れたばかりに、探索に混乱を来《きた》すことがある。伝次郎はあえて、小荷駄の源造のことを伏せて言葉を足した。

「仙五郎の死体を見つけたのは、前田誠之助《まえだせいのすけ》という御家人でしたね。家はわかりますか？」

「出羽守《でわのかみ》屋敷の近くだ。西のどんつきから南割下水に架かる三つ目の橋あたり、といったほうがわかりやすいかもしれねえが、前田殿から話は聞いてある」

「もっと詳しいことを聞いてみたいんです」

「好きにするがいい。前田殿は小普請入《こぶしんいり》をしてるんで、ほとんど家で暇暮らしだ。行けば会えるだろう」

「わかりました。それで、仙五郎が賭場通いをしていたようなことは……？」

「おしげは、よくは知らないが、ときどき行っていたようだという。いま手先を使って、そっちを調べているところだ」

小一郎の探索にぬかりはなかった。

「なにかわかったら、松井町の番屋に知らせることにします」

そうしてくれと、小一郎は応じた。

仙五郎の惨殺死骸を最初に見つけた前田誠之助という御家人は、小一郎がいったように自宅屋敷にいた。内職の傘張り仕事をしているところだった。

小さな一軒家で、他に妻や子供の姿はなかった。

「昨夜のことですか、いや驚きましたよ」

小一郎の手先仕事をしているといって名乗った伝次郎が、訪問の意図を話すと、誠之助は、まあこちらに、と座敷に上げてくれた。

「すでに、広瀬さんに話してあることは承知していますが、もう一度死骸《むくろ》を見つけたときのことを詳しく教えてもらいたいのです」

伝次郎は相手が武士だと、自然に言葉遣いが変わる。

「念を入れるんですね。もっとも殺しでありますからな。昨夜、わたしは相生町《あいおいちょう》で軽く引っかけて帰る途中でした。いつもであれば、あの道は通らないのですが、ちょいと酔い醒ましをしようと、わざと回り道をしたんです。ところが、倒れている男がいるんで、声をかけても返事もしない。近づいて提灯《ちょうちん》をかざして、びっくりです。相手は町人風情《ふぜい》ですから、すぐに御用屋敷に駆け込んだ次第です」

伝次郎は誠之助の目を見ながら耳を傾けていたが、その目に動揺は感じられなかった。

「死骸を見つけたとき、付近に人影はありませんでしたか？」

「いや、まったくそんなことには気づきもしませんでした。目の前に死骸が転がっているんです。それに酒も入っていましたし」

「見つける前に争っているような声を聞いたとか……」

「ないですね」

伝次郎は家の中に視線をめぐらした。隣が内職の間になっていて、台所脇に居間がある。質素ながらよく整理されている家だった。

「仙五郎はどんな恰好で倒れていました」

「うつ伏せです。御用屋敷で死骸をあらためて見ましたが、正面から斬られたとわかりました。出あい頭に斬られたのか、それとも顔見知りだから油断していたのか、それはわかりませんが……」

「前田さんは当然、仙五郎とは顔見知りではなかったのですね」

「まったくありません」

誠之助の言葉にも表情にも、嘘は感じられなかった。それでもなにか手掛かりになるようなことを思いだすかもしれないと、伝次郎はいくつかの質問をしたが、手応えのある言葉は返ってこなかった。

誠之助の家を出て松井町に引き返す伝次郎は、おしげのことを考えた。考えてみれば、おしげは仙五郎に騙されて、いいようにはたらかされていた女だ。殴られたり蹴られたりと、ひどい目にもあっている。

（殺したいと思ったことはないのか……）

おしげはこういった。

――何度も別れよう、逃げようとしたんですけど……。

死んでほしいと思ったこともあるのではないかと、伝次郎は勝手に推量するが、実際のところはわからない。いずれにしろ、おしげからはもう一度話を聞かなければならない。

さらに、仙五郎の過去を調べる必要もある。

おしげは、仙五郎の過去をよく知らないようなことをいったが、きっとなにか知っているはずだ。仙五郎と一年半も付き合っていたのである。

二ツ目之橋をわたり、竪川沿いの河岸道を歩いていると、横の路地から飛びだしてきた男がいた。小一郎が使っている道役の甚兵衛だった。おい、どうしたと声をかけると、小太りの体を伝次郎に向けて、

「旦那が下手人を捕まえたようなんです」

という。

伝次郎は目をみはった。

六

小一郎が松井町一丁目の自身番に連れ込んだのは、三橋久馬助《みつはしくまのすけ》という浪人だった。本所緑町《みどりちょう》一丁目に、伝八《でんぱち》という居酒屋があり、その店で久馬助は仙五郎と激しい口論をしていたことがわかったのだ。

伝次郎は道役の甚兵衛と自身番前の床几に腰かけ、取り調べをする小一郎の話し声に聞き耳を立てていた。

小一郎は声を荒《あら》らげることもなく、静かな口調で問いかけている。対する久馬助は憤慨したような口ぶりであった。

「刀を抜きそうになったのは認めますよ。たたっ斬ってやろうかと思いました。ですが、思っただけで殺したりなんかしてませんよ」

鼻息の荒い久馬助の声は、表までしっかり聞こえてくる。

「そりゃ何度も聞いたことだ。それより、おれが聞きたいのは、昨夜おぬしがどこでなにをしていたかってことだ。それをはっきりさせてくれなきゃ、帰すことはできねえ」

自身番の中が静かになった。久馬助が黙り込んだからだ。

「どうした？　おぬしがやっていないなら、正直なことをいえばいいだけのことだ」

「昨日は日の暮れから伝八で飲んで酔っていたから、よく覚えてないんですよ」

久馬助の声が急にしぼんだ。

「それじゃ伝八を出た刻限は？」

「それがよく覚えてないんです。気づいたときは朝でしたから」

久馬助はのらりくらりと話し出した。表で聞き耳を立てている伝次郎も、要領を得ない話だと感じた。これで久馬助が下手人と決まれば、一件落着で伝次郎の容疑は晴れる。

取り調べに立ち会っていた道役の善太郎が、自身番の腰高障子を開けて出てきた。そのまま伝次郎の隣に腰かけて、

「あいつかもしれません」

と、耳打ちするようにいった。

「証拠は揃ってるのか？」

伝次郎の問いに、それはまだだと答える。

「しかし、いっていることがまともじゃありません。やつはなにか隠してます」

「仙五郎と口喧嘩していたらしいが、相当やり合ったのか？」

「伝八って居酒屋でのことですが、いまにも殺しあいがはじまるんじゃないかと思って、店のものはひやひやしていたらしいです」

「いつのことだ？」

「二月ほど前だといいます」

伝次郎は前を流れる竪川に目を注いだ。

久馬助が下手人なら、二月前の遺恨《いこん》を晴らしたということになるが、なぜ、二月後だったのだろうか？　その前に殺す機会がなかったということか……。

伝次郎は心中で考えながら顔を元に戻した。善太郎の髷に散っている霜が、まわり込んだ日の光を受けて、銀色に輝いていた。

「とにかく、昨夜、三橋久馬助がどこでなにをやっていたかだろうが、酔っていながら袈裟懸けに一太刀か……ふむ……」

「沢村さんはあの浪人の仕業《しわざ》じゃないと、そう思うんで……」

善太郎が背後の自身番を振り返っていう。

「さあ、どうかはわからんが……」

伝次郎が黙り込むと、甚兵衛が気を利かせて、自身番に入って茶を運んできた。

腰高障子が開くたびに、小一郎と久馬助の声がはっきり聞こえてきたが、問答は堂々めぐりだった。

小一郎は同じ質問をしつこく繰り返している。これは訊問《じんもん》の常套《じょうとう》手段だった。被疑者が嘘をいっているなら、同じ質問への回答に必ず齟齬《そご》が生じるからである。

それから半刻（一時間）ほどして、新たなことを久馬助が証言した。じつは伝八で飲んだあと、自宅に帰らず別の家に行ったと白状したのだ。聞き耳を立てていた伝次郎たちは、色めき立ったが、

「行ったのは横網町《よこあみちょう》にある相馬屋《そうま》という生薬《きぐすり》屋です」

と、久馬助は、仙五郎殺害現場とはてんで方向ちがいのことを口にした。

「嘘ではないな」

「こうなったらいうしかないでしょう。ちょいとわけありなんで、他言《たごん》されると困

るんですが……」

さっきまでとはちがい、久馬助は弱り切った様子だった。

すぐに小一郎は本所横網町の相馬屋へ、甚兵衛を走らせた。

伝次郎もいっしょに行こうとしたが、なに、たしかめるだけですからまかせてください、と甚兵衛は小太りの体ながら軽快に駆けていった。

甚兵衛が戻ってくるまでに、久馬助がなぜ相馬屋に行ったかがわかった。相馬屋の主は、商売の品になる薬草を、月に何度か採取しに行くらしい。行き先は二、三日で戻ってこられる房州《ぼうしゅう》が主で、その間女房のお高《たか》が留守を預かっている。

お高は後添《のちぞ》いでまだ若い女らしいが、このお高と久馬助がいい仲にあるらしいのだ。つまるところ、久馬助とお高は不義密通《ふぎみつつう》をはたらいていたというのである。

あきれた話だが、相馬屋にたしかめに行った甚兵衛が戻ってくると、それはほんとうのことだと判明した。

仙五郎が殺された頃、久馬助はお高と同じ床に入って睦《むつ》み合っていたのである。

ひょっとすると一件落着かと、ひそかに期待していた伝次郎は、肩の力が抜ける思いだった。

すでに日は大きく傾き、夕焼け雲が浮かんでいた。その雲の向こうには藍色の空が広がっていて、地平のあたりは暗く翳《かげ》りはじめていた。

家に帰った伝次郎は、その日の疲れを取ろうと、買い置きの酒を出すと、ぐい呑みになみなみと注ぎ、ひと息にあおった。喉《のど》からつたい下りた酒が、胃の腑《ふ》にかあっとしみるのがわかった。

口を手の甲でぬぐったとき、開け放しの戸口に音松があらわれた。その背後には金三郎の姿もあった。

# 第四章　野辺《のべ》送り

## 一

「源造には無理……」

金三郎の報告を受けた伝次郎は、視線を宙に据えてつぶやいた。

「へえ、昨日は、源造親分は夕方から、木戸門が閉まるまで明神《みょうじん》下の料理屋にいました。なんでも車力《しゃりき》屋の招きだったそうで……」

「そうか」

伝次郎は小さなため息をついた。

「人を使ったんじゃねえかと思い、そっちもこっそり調べてみましたが、その様子はありませんし、まわりの人間の話じゃ、仙五郎のことなどもう口の端にも上らないといいます。いやなことは早く忘れたいのか、もう忘れちまってるのかもしれやせん。年は取っていますが、潔い人ですから」

「源造のそばに剣術の心得のあるものはいるか？」

伝次郎は無駄なことだと感じながらも、とりあえず聞いてみた。

「まあ、源造親分のまわりには、そんな人間はいませんね。そのことはあっしがよく知ってますんで。長脇差《ながどす》を振りまわせるやつは二、三人いますが、そいつらもちゃんとした剣術は習っちゃいません」

「とにかく源造には無理なことだったというわけだ」

「それで、旦那のほうは……」

金三郎は身を乗りだしてくる。

「まだ、これといったことはない。広瀬さんがひとりの浪人をしょっ引いたが、見当ちがいだった」

伝次郎は三橋久馬助のことを、ざっと話してから言葉を足した。

「仙五郎が殺されたのは昨夜のことだ。下手人の手掛かりはまだなにもない。勝負は明日からだ」

「あっしも手伝いますよ」

伝次郎はそういう金三郎をじっと見た。

顔にはしみやしわが増えているが、気力も体力もありそうな五十男だ。しかし、安易に助を頼むべきではなかった。金三郎は北町奉行所同心の息がかかっている。いざ、ことが起きたときに迷惑をかけるかもしれない。

「おまえの気持ちは嬉しいが、十分だ。あとはおれのほうでなんとかする」

「それでいいんで……」

「心配するな。いまじゃ船頭稼業に身をやつしちゃいるが、町方のやり方を忘れたわけじゃねえ。一杯やりな」

伝次郎は金三郎と音松に酒をついでやった。

しばらく、とりとめのない話をしたが、どうしても話は仙五郎殺しに戻ってしまう。だが、その話に伝次郎は釘を刺した。

「この一件はおれの身に降りかかったことだ。気持ちは嬉しいが、あまり人の手は借りたくない。それにおれはもう町方じゃないんだ」

「だから、なおさら手伝いたいんです」

金三郎は膝をすって身を寄せてくる。伝次郎は短く嘆息して、金三郎を見た。

「……わかった。どうにもしようがなくなったら助をしてくれ。源造を調べてくれたことには礼をいう。すまなかった」

「旦那、水臭いですよ。ですが、わかりました。旦那がそういうんでしたら、おとなしくしていやしょう」

金三郎はようやく引き下がってくれた。

それからしばらくして、金三郎は帰っていったが、伝次郎は音松を呼び止めた。

「金三郎にはああいったが、おまえの手は借りたい」

「へえ、喜んで」

「金三郎は北町同心の抱え持ちだ。余計な手は煩《わずら》わせたくない」

「そういうことだろうと思っていやした。金三郎さんも、多分わかってるはずです」

「それで、早速調べてもらいたいことがある。殺された仙五郎の昨日の足取りだ。広瀬さんの使っている道役たちも調べているだろうが、調べ漏れがあるかもしれねえ」

「承知しやした」

音松はまるい顔に笑みを浮かべた。


あわい行灯のそばで、伝次郎は酒をなめるように飲み、考えに耽《ふけ》っていた。五つ（午後八時）の鐘が鳴ったばかりだった。長屋は静かだ。

ぐい呑みの酒が行灯のあかりを照り返している。昨日の仙五郎の足取りは、明日には広瀬小一郎から聞けるだろうが、どこまでわかっているかは不明だ。念のために音松にも動いてもらうが、伝次郎は仙五郎の過去も知りたいと考えていた。

それには内縁の妻だったおしげから話を聞くべきだが、それは明日、仙五郎の野辺送りが終わったあとである。

（その前に、下手人の手掛かりをつかめればいいのだが……）

伝次郎はぐい呑みを持ったまま、壁の一点を凝視《ぎょうし》した。そのとき、なにかに思いあたった気がしたが、判然としない。

（なんだ……）

思案をめぐらしているうちに、大事なことを見落としているような気がしてきた。それは、すぐ手の届きそうなところにあるような気がするのだが……。

いくら考えても、もどかしさが増すばかりだった。

千草がやってきたのは、夜四つ（午後十時）前だった。戸をしっかり閉めて、伝次郎の前に来ると、嬉しそうに微笑んだ顔を向けてきた。

「ちょっと早く閉めたんです。もう、朝からここに来るのが待ち遠しくって……」

千草は憚《はばか》りもせずに、伝次郎の手に自分の手を重ねた。早く会いたかったと、まるで若い娘のようなことをいうが、いわれる伝次郎も悪い気はしない。

「舟は修理できまして……」

「一応できたが、どうやらあの舟も御役御免のようだ」

「あら……」

千草は伝次郎に重ねていた手を離して、意外そうな顔をした。

「あちこちにガタがきてる。船大工もそろそろお払い箱にしたほうがいいというし、おれもそう思うことがある。ほうぼうの釘が緩《ゆる》んでいるし、腐りかけている板もある」

「それじゃ新しいのを……」

「そのつもりだ。そんなことより、一杯やるか」

「喜んで。肴《さかな》を持ってきましたから、ちょっと用意します」

千草はひょいと立ちあがって台所に行くと、肴の支度をはじめた。その後ろ姿を眺める伝次郎は、久しぶりに忘れかけていた夫婦というものを思いだした。

千草は魚の煮付けと香の物、そして炒《い》り豆腐を膳部《ぜんぶ》に揃えた。それを肴に、二人は酒を酌《く》み交わしたが、それは長くはなかった。どちらからともなく身を寄せると、そのまま奥の間に移った。

二

千草は逞しい伝次郎の胸に頬をあずけていた。左手の指を伝次郎の右手の指と絡《から》めている。

やわらかな胸の膨《ふく》らみが、伝次郎の肌にぬくもりを与えていた。

「困ったことがある」

伝次郎はいうつもりはなかったが、言葉が口をついて出た。

「なんですの」

千草はもの憂い声を漏らした。

「おれの舟を壊した男が、殺されたのだ。あげく、おれが疑われている」

「なぜ？」

千草が覆い被《かぶ》さるように半身を上げた。あわい行灯のあかりが、その白い裸身を染めた。乳房は白桃のようだった。

「このことは他言されては困るが、おれの舟を壊したのは、仙五郎という近くに住む男だった」

伝次郎は仙五郎とおしげの関係、そして町内のものが仙五郎を煙《けむ》たがっていたことや、以前住んでいた町で、どのように嫌われていたかをかいつまんで話した。

「それじゃ、いろんなところで恨みを買っていた男だったんですね」

「おそらく恨んでいた人間はひとり二人じゃないだろうが、殺しとなると話がまたちがってくる。恨んだとしても、人を殺すようなやつはめったにいない」

「でも、困りましたね。伝次郎さんが疑われているなんて……」

「困るどころではないが、下手人を探さなきゃならない。だが、ひとつ引っかかっていることがある」

そこまでいった伝次郎は、頭の隅でもやもやしていた原因にようやく気づいた。

「仙五郎はおしげにうまく取り入って、都合よく付き合っていた与太者《よたもの》だった。わからないのは、おしげのことだ。おれもひどく折檻されているのを見たが、仙五郎は些細なことでおしげに乱暴している。年がら年中だったらしい。それなのに、おしげは仙五郎と別れたり逃げたりもしなかった。おしげは逃げたとしても、見つかったときのことを考えると、それが怖くてできなかったといったが、その気にならなかっただけのような気がする。そんなおしげのことがわからないんだ」

千草は伝次郎の体からおりると、隣で横になって天井を見つめた。

「千草なら、おしげの気持ちが、少しはわかるんじゃないかと思ってな」

「……おしげさんがどんな人なのか知りませんけど、どんなにひどいことをされてもその人から離れないのは、未練があったからじゃないかしら。もし、そうでなかったらほんとうに、仙五郎という男を怖がっていたんだと思います」

「未練か……それだけだろうか？」

「だって、おしげさんの稼ぎでその男は暮らしていけたんでしょう。仕事をしないで遊んでいる男と離れないのは、心から嫌いになれなかったんですよ。たとえ、相手が自分をひどく小突きまわしたとしても、好きだから離れなかった。でも……」

「なんだ？」

伝次郎は千草の横顔を眺めた。

「ひょっとすると、逃げよう別れようと本気で考えていたのかもしれない。ただ、おしげさんは、そのきっかけをつかむことができなかっただけなのかも……。女って所詮か弱い生き物だし、たとえ相手がどんなに情けない男でも、どこかで頼りにしているところがあるんです。一度好きになった男を見限るには、結構勇気がいりますから……」

「そんなものか……。もし、千草がおしげだったらどうする？」

「とっくに別れてしまいますよ。でも、おしげさんは、そうすることができなかったんですね。ほんとうのところは、おしげさんしかわからないんでしょうけど……」

「つまるところ、男と女の関係は謎めいているということか」

「謎だらけですよ」

そういった千草は横向きになって、伝次郎の体に手をまわしてきた。

「わたしたちも……そうかも……」

「おれたちも……」

「そうですよ。でも、わたしは伝次郎さんを信じているから」

千草は伝次郎の体にまわした手に、ぎゅっと力を入れ、

「ねえ」

と、甘える声を漏らして、見つめてきた。瞳が濡れたように光っていた。

「うむ」

千草の意思を感じ取った伝次郎は、やわらかな体を引きよせた。

三

その朝、利兵衛は柳橋に足を運び、なんとしてでも乗っ取りたいと思っている料理茶屋・竹鶴《たけつる》の主、角右衛門《かくえもん》に会っていた。

開店前の訪問ならさして迷惑にはならないだろうと、気を遣ったのだが、顔を合わせるなり、角右衛門は露骨に迷惑げな顔をした。応対もぞんざいである。店の使用人の目を憚《はばか》って奥の客座敷に通してもらったが、茶も出なかった。

だが、利兵衛はそんなことはいっこうにかまわなかった。角右衛門がどう出てくるかは、とうに予測できているからだ。

「しばらくですな。相変わらずこの店は、盛況のようでなによりです。ときどき、近所の店で遊びながら、竹鶴さんの繁盛ぶりを眺めているんですよ」

利兵衛はあくまでもにこやかにいう。

「お陰様で……」

答える角右衛門はかたい表情でつづける。

「それで、今日はどんなご用で？」

「せっかちなことをおっしゃいます」

「なにかと忙しいので、手短にお願いしたいものです。ただ、この前のつづきの話でしたら、かたくお断りします」

角右衛門は先に釘を刺したが、利兵衛は動じない。笑みを浮かべたままゆっくりした所作《しょさ》で、煙草《たばこ》入れを出し、煙管に刻みを詰めて、火をつけた。角右衛門はその様子を苛立《いらだ》たしそうに眺めている。

利兵衛が、すぱっと煙管を吹かすと、ついてきている精次郎が気を利かせて隅にあった煙草盆を引きよせた。

紫煙が利兵衛と角右衛門の間に漂い、大川から吹いてくる風にまき散らされた。

「ご亭主はどうしてもこの店を手放したくないようですな。そりゃあ、もっともなことでしょう。わたしがご亭主でも、手放したりはしないでしょう」

「…………」

「しかし、ものは考えようです。この店を大きくしたいという気があれば、わたしと組んで損はありませんよ」

「そんな気など毛頭ございません」

「そう頭ごなしにいわないでください。わたしの考えはすでにお話ししてありますが、やはりこの店はいい。目の前は大川、そして大橋も、どの客座敷からも眺められるようになっている。近所の料理屋にはない場所にあるのが、竹鶴さんです。庭の松も、中庭に配されている紅葉《もみじ》や梔《くちなし》などもよいし、池もいい造りです」

「お褒めいただきありがとうございます。あなたのお話はよくわかっております。つまるところ、この店を譲ってほしい、ただそれだけのことなんでしょう。しかし、乱暴な話です。わたしは、あなたのことはなにも知らない。どこでどんなことをやってこられた方かもよく存じておりませんし、人柄さえわからない。そんな人に、はい店を譲りましょうという商人が、どこにいます。たしかに、あなたは、上方でひと儲けした立派な商人でしょうが……以前、そんなことをおっしゃってましたね。だからといって、あなたの話に乗ることは、はっきりいってできません。それがわたしの答えです」

角右衛門は役者のように整った色白の顔を紅潮させ、一気にまくし立てた。

「おっしゃるとおりでしょう。わたしがもったいないというのは、この店の造りです。手を加えれば、江戸一、いや日の本《ひのもと》一の立派な料理屋になると信じているからです」

利兵衛は角右衛門の目に、わずかながらも興味の色が浮かんだのを見逃さなかった。ここはたたみ込むべきだった。

「わたしは柳橋を江戸一番の花街にしたい。そして、その中心となるのがこの店だと、そういいました。わたしと組めばきっとそうなる。いずれ、柳橋が江戸一番の花街になるのはたしかなことですからね。いまのうちに手を打っておかなければ、竹鶴さんは遅れを取ってしまう。気づいたときには、他の店に押しやられて地団駄《じだんだ》を踏む羽目になる」

「お待ちください」

角右衛門は手をあげて、利兵衛を遮った。すらりと背の高い男なので、背筋を伸ばしたその仕草には、料理屋の主としての威厳が感じられた。

「いつ、柳橋が江戸一番の花街になるんです？　誰がそんなことをいっているのです？　江戸には吉原があります。そのことをご存じではないのですか？　まさか、柳橋が吉原をこえる街になると、本気で考えていらっしゃるんですか？　だったら夢物語です」

「さよう、夢です。人は夢を持っていないと小さくまとまるだけです。大きな夢をかなえるために、わたしは話をしているのです。しかし、出鱈目《でたらめ》を話しているのではありませんよ。お上だって吉原や深川の花街をどうするか考えているのです。いつまでも花街は同じところにはありません。吉原も昔は日本橋にあったではありませんか。それじゃつぎはどこだろうか？　……ここ柳橋なのです。竹鶴さん、いや角右衛門さんと呼ばせてもらいますが、わたしはさる幕府の偉い方から、そのような話を聞いているのです。嘘を並べ立てているのではありませんよ。商人というのは三年先、五年先、いや十年先まで見越して商売をしないと大きな成功は望めません。そうではありませんか」

「説教ならたくさんです」

「大きな商売をするためには、お上の動きを知ることも大切なことです。お上だけではありません。諸国のお大名や文人墨客《ぶんじんぼっかく》、人気のある役者などを取り込むことも大切なことです。わたしにはそのつてがあります。強いつてです。仮に竹鶴さんの儲けが、年に千両だとすれば、その五倍十倍にできるのです。日本橋の越後《えちご》屋さんを見てごらんなさい。お上はもちろんのこと、大名や人気の役者連中を取り込んで繁盛している。この店を越後屋さんに勝るとも劣らない、立派な店にする気はありませんか……」

利兵衛は、コン、と煙管を煙草盆に打ちつけて、角右衛門をまじまじと眺めた。

角右衛門はいやみったらしいため息をついた。

「利兵衛さん、あなたの話はもう十分にわかりました。しかし、さっき申したとおり、はっきりといいます。あなたと組んだり、あなたの話に乗ることは、おそらく一生ないでしょう。どうかこのままお引き取り願います」

そういうなり角右衛門は、ぱん、と手を打ち鳴らした。すぐに背後の障子が開き、ひとりの男が現れた。

「これは勝三《かつぞう》といううちの手代です。勝三さんや、お二人を表まで送ってくれますか」

角右衛門は勝三にそう指図すると、すっくと立ちあがり、もう利兵衛や精次郎には目もくれずに客座敷を出ていった。

しかし、利兵衛は余裕の笑みを浮かべて、角右衛門を見送った。少しも動揺はしていない。これも算盤勘定《そろばんかんじょう》に入っていたことである。

「そういうことです」

勝三が顎をしゃくった。ただの手代でないというのはすぐにわかった。目つきも、その身にまとった空気も堅気《かたぎ》ではない。

利兵衛は黙ってしたがった。店の表に出たが、勝三はしばらくうしろをついてき

て、

「お二人さん」

と、声をかけて呼び止めた。

「あんたらには二度と竹鶴の敷居はまたがせねえ。早ェ話が、出入りお断りってやつだ。今度その面見《つら》せたら、おれが黙っちゃいねえ」

利兵衛は勝三を醒めた目で眺めた。角右衛門もくだらないことをすると思った。しかし、それも利兵衛には読めていることだった。

(読みがあたらないことを願っていたのだが……)

内心で落胆して、

「どうかご安心を。今度は角右衛門さんがわたしに相談することになるでしょうかられ」

と、小さな笑いを足して、利兵衛は歩きはじめた。

「まいりましたね。まさか、竹鶴があんな手代を置いているとは……」

精次郎がすぐに口を開いた。

「そんなこともあるだろうと思っていたのだよ」

「ありゃ、手代じゃありませんよ。駒留《こまどめ》の尹三郎《いさぶろう》一家の若い衆です」

「そうだろうね」

のんきそうなことをいう利兵衛を、精次郎がギョッとなって見てきた。

「旦那、尹三郎一家が後ろについてるんじゃ、やっぱりむずかしいんじゃありませんか」

「そんな弱気でどうします。勝負はこれからですよ」

「勝負……いったい、どうするってんです？」

「竹鶴をつぶすんですよ。こうなったらそうするしかないよ。まあ、こうなるだろうとは思っていたんだけどね。小腹が空《す》いたね。軽くそばでも食っていこうじゃないか」

あっけにとられたような顔で立ち止まった精次郎を置いて、利兵衛はたしかこの辺に気の利いたそば屋があったはずだがと、あたりを眺めながら歩いた。

四

「二十両……」

伝次郎は金額を聞いて、うなった。新しい舟の代金である。小平次はねじり鉢巻きにしていた手拭いをほどいて、首筋をぬぐった。

「もっと安くってんなら、そうしてもいいですよ。しかし、そうするとどこかをケチらなきゃならない。使う材木も質が落ちる。そうなると傷みも早い」

「ふむ」

伝次郎は考えながら頭の中で算盤をはじく。おしげが野辺送りから帰ってくる間に、小平次に相談に来ているのだった。

「二十両でも安く見積もってんですよ。伝次郎さんだからね」

「いいだろう。それじゃ造ってくれ。だが、いつできる？」

「まあ一月は見てもらわねえと……」

「一月か……仕方ないな」

「いい材を使いますよ」

小平次は自信に満ちた笑みを顔に浮かべた。

中橋のそばにつけていた舟に戻った伝次郎は、しばらく舟梁に腰をおろして川の向こうに視線を投げた。

二十両は痛い出費である。質素な暮らしをしているので、多少の蓄えはあるが、引っ越しにも金を使っているので、その蓄えのほとんどが出ていくことになる。さらに、新しい舟ができるまで、あまり仕事はできないだろう。

足許に視線を戻すと、あたりが急にあかるくなった。雲に隠れていた日が出たのだ。

伝次郎は足許の板をたたいてみた。コンコンと乾いた音はするが、堅く締まった音ではない。さらに、喫水線の上にあたる上棚《うわだな》をたたいていった。場所によって音が異なる。乾いた音がしない箇所は腐りかけているか、もう腐っているのだろう。

さらに、常に水に浸《つ》かっている加敷《かじき》をさわり、水に浸かっていないところをたたいた。乾いた音ではなく鈍い音がする。腐食《ふしょく》が進んでいるのだ。

船大工の目はたしかだ。小平次がいうように、長くは使えないだろうし、危ない舟になっているようだ。

(しばらく客を乗せるのはやめよう)

伝次郎はそう決心した。

新しい舟ができるまで、商売はできないということだ。当然、稼ぎもなくなる。その間、川政の政五郎に相談して雇ってもらおうかと、ちらりと考えたが、すぐに否定した。

(新しい舟で稼げばいいだけのことだ)

伝次郎は舟を出した。

いつになく舟をいたわるようにゆっくり操る。棹を立てるときも、上げるときも舟の具合を見るようにし、また耳をすませてもみた。

さらにすれちがう猪牙にも目をやる。老いた自分の舟とちがい、通りすぎた猪牙は滑るように下っていった。

(おい、がんばれ)

伝次郎は胸の内で、自分の舟に呼びかけた。

山城橋に舟をつけると、河岸道にあがり、おしげの家の様子を見に行った。まだ帰っていないようだ。

そのまま町内をひとめぐりしたが、小一郎も道役の姿も見なかった。みんな別の場所で調べをしているのだろう。

「伝次郎さん」

家の近くで声をかけられた。同じ長屋の隠居・喜八郎だった。床几に座って、ひなたぼっこをしている猫の頭をなでていた。

「あなた、お侍だったのですか？」

喜八郎はそんなことをいった。

「昨日、あなた、刀を差していたでしょう」

伝次郎はどう返答しようか数瞬考えてから、喜八郎の隣に腰かけた。

「浪人暮らしをしてたんですが、どうにも食えなくなって船頭になったんです。恥ずかしいかぎりです」

伝次郎は苦笑いを浮かべた。

あまり穿鑿《せんさく》はされたくないが、先に話しておいたほうが無難だと思った。それに元浪人だったといっておけば、さして問題にもされないはずだ。

「なにも恥ずかしいことじゃありませんよ。そんな人はなにも伝次郎さんだけじゃありませんし、額に汗してはたらくということはよいことです。しかし、そうでしたか。この前、仙五郎とおしげさんが揉めているとき、仲裁に入ったあなたを見て、肝の据わった人だと感心していたんです。これで納得がいきました」

喜八郎は嬉しそうに微笑み、言葉を足した。

「しかし、あの男も不幸なことになりましたな。いつかそうなる運命だったんでしょう」

「喜八郎さんは、あの男が殺されたことに、なにか思いあたることはありませんか？」

「思いあたること……」

喜八郎は目をしばたたいた。目の下のたるみが膨らんでいた。その部分だけ、しわが少ない。

「仙五郎を殺すほど憎んでいた人間です」

「まあ、死ねばいいと思っていた人は何人かいるでしょうが、殺したいと思っている人がいたかどうかはねえ」

「仙五郎はこの町で快く思われていなかった。恨んでいた人間がいると思うんです」

「さあ、それはどうでしょう」

「一昨日、仙五郎が殺された日ですが、やつを見ましたか？」

「いいや、あの日は見ませんでしたね」

「それじゃ仙五郎の家を訪ねていたものが、いたかどうか知っていますか？」

「わたしはごらんのように暇を持てあましてますから、ときどきあの家のほうを見ていますが、訪ねるものは見たことありませんよ。越してきた当初は別にして、近頃は棒手振も豆腐屋も、あの家には声をかけなくなってしまいましたからね」

「行商人も避けていたってことですか」

伝次郎がそういうと、喜八郎がめずらしいものでも見るような顔を向けてきた。

「おもしろいことですな。本所方の道役にも同じようなことを聞かれましたよ。でも、伝次郎さんが気にするようなことじゃないでしょう。厄介者《やっかいもの》がいなくなったんですから」

喜八郎は柔和《にゅうわ》な笑みを浮かべた。

どうやら町のものは、伝次郎が疑われていることを知らないようだ。もちろん、それは小一郎の心配りがあってのことだ。

喜八郎と別れると一度家に戻って、少し早めの昼餉にした。泊まっていった千草が、気を利かせて作ったものだった。味噌汁は夜の分まであり、野菜のおひたしと煮物が作られていた。

障子にあたる日があかるくなったり暗くなったりした。のどかな物売りの声も聞こえてきた。

エー桜草《さくらそう》や、さくらそー……。エー桜草やー、さくらそー……。

売り声を聞きながら飯を食い終え、茶を口に持っていったとき、千草の言葉を思いだした。仙五郎に対して、おしげはどんな気持ちだったんだろうと、聞いたときのことだ。

——ひょっとすると、逃げよう別れようと本気で考えていたのかもしれない。ただ、おしげさんは、そのきっかけをつかむことができなかっただけなのかも……。

伝次郎は宙の一点に視線を据えて、胸の内でつぶやいた。

（おしげが本気で逃げよう、別れようと考えていたなら……）

五

おしげは野辺送りから帰ってきていた。

伝次郎が訪ねたときには、すでに喪服から普段着に着替えていた。

「今日はなにか……」

おしげは頼りなげな目を向けて、茶を差しだした。

「一昨日、仙五郎が殺された日のことを知りたい。おまえが店に出るときには、この家にいたんだな」

「はい、いつもと変わりない様子で、そこに座っていました」

おしげは奥の間に顔を向けていった。小さく開けられた障子から、光の条《すじ》が伸びていた。

「仙五郎はその日、誰かに会ったんだろうか？」

「さあ、それはわたしにはわかりません。わたしが店に出ているとき、あの人がどこでなにをしているのか、まったくわからないことですから」

「仙五郎と付き合いのあったものがいるはずだ。知っているか？」

おしげは小さなため息をついた。

「町方の旦那と同じことを聞くんですね」

「下手人を捕まえるためだ。知っていることを教えてくれないか」

伝次郎はおしげをまっすぐ見る。

「いまさらなんですけど、よくよく考えてみると、わたしはあの人のことをなにも知らなかったんだと気づきました。どこで生まれたのか、どうやって生きてきたのか、親がどんな人だったのか、なにも知らないんです。聞いたことはありますけど、あの人はそういうことを聞かれるのをいやがっていました。だから、わたしもしつこく聞かないようにしていたんです。付き合いのあった人は何人かいたはずなんですが、それもわたしにはわからないんです」

「付き合っている仲間の愚痴とか、名前とかも口にしたことがないというのか」

おしげはゆっくりかぶりを振った。

「訪ねてきた友達はどうだ」

「そんな人はいませんでした。わたしを怒鳴ったり足蹴にしたりしましたが、ほんとうは淋《さび》しい人だったんです。淋しいからわたしに八つ当たりしていたのかもしれません」

おしげは苦しみに耐えるように、唇を嚙んだ。

「おまえは逃げようと思ったが、見つかったときのことが怖くて逃げられなかったといったな。だが、ほんとうは仙五郎に未練があって、別れられなかったのではないか」

千草からの受け売りだが、伝次郎はあえて口にした。

「未練……」

おしげは小さくつぶやいて、ぼんやりした顔を天井の隅に向けた。

「それもあったかもしれません」

「死ねばいいとか、殺してやりたいと思ったことはなかったのか」

おしげは驚いたように目をみはって、伝次郎を見た。

しばらく家の中に重い沈黙がおりた。

「……そんな恐ろしいことなど」

思いもしなかった、といわんばかりにおしげは首を振った。

「仙五郎は仕事もせず、おまえの稼ぎで暮らしていた。それなのに、怒鳴られたり殴られたり、痛い目にあわされていたんだ。憎いとか、死んでしまえと思ったこともないと……」

「そりゃ全然思わなかったといえば嘘になりますけど、本気でそんなことは考えたことなどありません」

おしげはもうそんな話はやめてくれといわんばかりの顔で、伝次郎の視線を外した。

「話を戻すが、おまえが家に戻ってきたとき、仙五郎はいたのか？」

「いませんでした」

「それじゃ顔を見たのは、その日の朝だけか」

おしげは力なくうなずいた。

「同じことを聞くが、その日どこに行くとか、誰に会うとか、そんな話はしなかったんだな」

「してません」

伝次郎は小さく嘆息した。射し込んでくる光の中に塵が浮かんでいた。

「おしげ……」

声をかけると、おしげは膝許に落としていた視線をゆっくり上げた。

「おまえは苦労人だな。よくこれまで耐えて生きてきた。仙五郎と出会う前も、さぞや辛い思いをしてきたのだろう」

おしげは、はっと目をみはったまま、彫刻のようにかたまった。

「だから、仙五郎との暮らしにも耐えられたんだろう。親御さんはどこで暮らしてるんだ？」

おしげの目に涙が盛りあがり、頰をつたった。

「故郷《くに》はどこだ？」

「上総《かずさ》の田舎です」

おしげは膝に置いた手をにぎりしめた。

「わたしは口減らしのために売られたんです。それが品川でした。仲居仕事だといわれましたが、それは嘘でした。ひどい親です。でも、その親ももう死んでいないと聞きました。……品川ではたらかされましたが、いい思い出はなにもありません。

旅籠の旦那もおかみさんも、女中も同じ飯盛りも、みんなわたしを見下して、意地悪をして……そんなところから救いだしてくれたのがあの人だったんです」

ぽろぽろ落ちる涙は、おしげの手の甲にあたって小さな飛沫をあげた。

「厄介者扱いされた仙五郎は、おまえにとってはいい男だったってわけだ」

「……」

「これからどうするんだ？」

「ここにはもう住めないので、引っ越します」

「仕事は？」

「それも変えるつもりです」

「さようか」

六

広瀬小一郎に会ったのは、その日の暮れ方だった。

「仙五郎のことがわかった」

小一郎は会うなりそういった。

「わかったといっても、殺された日のことじゃない。やつの過去だ。まあ、座ろう」

小一郎は床几にうながした。

竪川沿いの茶店だった。対岸は相生町河岸だ。

「仙五郎は奥武蔵《おくむさし》の生まれで、江戸に大工見習いで出てきたが、喧嘩三昧《ざんまい》ですぐに棟梁《とうりよう》の家を追いだされている。行った先が、芝神明《しばしんめい》の界隈で幅を利かせていた博徒の周蔵《しゆうぞう》一家だった。だが、周蔵は三年前に死んでいる。そのまま一家は消えてしまった」

「………」

「その後のことはよくわかっていねえが、仙五郎が仕事をした節はない。おそらく強請《ゆす》りでもやって食いつないでいたんだろう。知り合いの家や女の家に転がり込んでいたらしく、住んでいたところもはっきりしていねえ」

「よくそんなことがわかりましたね。おしげはなにも聞かされていなかったようですが……」

「今日、仙五郎の野辺送りを見張っていたんだ。すると、どうだい、おれが昔目こぼしをした野郎があらわれやがった。昌助《しょうすけ》という男でな。いまは真面目《まじめ》に車力仕事に精を出している。その昌助が、昔、仙五郎と同じ周蔵一家にいたんだ。昌助は仙五郎のことを三月前から知っていたらしい」

「付き合いは？」

「なかった。昌助は仙五郎を避けていたらしい。顔を合わせれば、金をせびられるし、なにかとうるさく、つきまとわれるのがいやだったという。昌助は足を洗って堅気になった男だ。昔の人間には会いたくないんだろう。とくに仙五郎のような野郎には……」

「それでも野辺送りに……」

「昔の誼《よしみ》だといった」

「その昌助はどうして仙五郎が死んだと知ったんです」

「やつが勤めている車力屋は、尾上町だ。この辺の河岸場や商家にも仕事で来るらしい。昨日こっちに来て、仙五郎が殺されたと耳にしたといった」

「そいつの話は信用できるんで……」

伝次郎は小一郎の顔を見た。片頬に衰えはじめた日の光を受けていた。

「嘘はいってねえはずだ。それにやつには殺せなかったこともわかっている。だが、わかったのはそこまでだ。下手人の手掛かりはまったくない」

小一郎はふうと、ため息をついた。

「昌助は、こっちに越してきた仙五郎が付き合っていた人間を知ってるんじゃ」

「それもたしかめたが、昌助はなにも知らないという。そんな人間への心あたりもないとな」

伝次郎は対岸の町屋を眺めた。西にまわり込んだ日の光が、その町をあわく包み込んでいた。荷を積んだ大八車を引く車力がいた。妻らしき女を連れている侍。裸足で駆け去る数人の子供たち。

「おぬしのほうはどうだ。なにかわかったことはねえか？」

小一郎はそう聞いてから、小女《こおんな》が運んできた茶に口をつけた。

「これといってわかったことはなにも……。わかったのは、おしげが仙五郎に未練があったということだけでしょうか……」

「未練……」

小一郎は訝《いぶか》しそうな顔をした。

「おしげは上総の貧乏人の生まれで、品川に売られた女です。品川でも辛い思いをしたようですが、子供のときも楽しみもなにもなかったんでしょう。そこへ仙五郎があらわれて、いっときの夢を見せてくれた。ほんの短い間だったんでしょうが、おしげはそこで幸せというものを味わった。しかし、それも長くはつづかなかった。仙五郎が本性をあらわしたからです。あとは、仙五郎のために体を張ってはたらいてきた。別れようとか逃げようと思ったことはあるようですが、一時の幸せという味を教えてくれた仙五郎を、心底嫌いにはなれなかったということです」

「おしげは殴られる蹴られるはあたりまえで、髪をつかまれ通りを引きずられたり、井戸に落とされそうになったりとひどい目にあってるんだ。それでも仙五郎に未練があったというのか。おれには到底考えられねえことだ。まあ、人それぞれだから、そんな可哀想な女がいても不思議じゃねえが……未練ねえ」

「人の心ってやつは、わかりにくいもんです」

「仙五郎を最後に見たものがいた」

伝次郎は、思いだしたようにいった小一郎に、さっと顔を向けた。

「あいつは殺される前、相生町三丁目の宮川《みやがわ》という小料理屋で飲んでいた。その店を出たのが、宵五つ（午後八時）前だったらしい」

伝次郎が千草の店を出た頃である。

「表に送りだした女中がしばらく見送っていたんだが、仙五郎は自分の家とは逆の二ツ目通りのほうへ曲がったらしい。やつが殺された北の方角だ」

「他に仙五郎を見たものは？」

「わかっているのはそれだけだ。昼間どこでなにをしていたかもわかっていない。おかしなことだが、家を出た時刻もわからない。偶然だろうが誰も見ていない、あるいは気づかなかったってことだろうが……厄介な判じ物になりやがった」

小一郎はそういって指の爪を噛んだ。ときどき、そんなことをするのが、癖だった。

「おしげは仙五郎と付き合いのあったものを誰も知りません。これもおかしなことなんですが……」

「おれもそう聞いてる。賭場にもあたりをつけたが、あの日、仙五郎が遊びに行った節はないし、賭場で騒ぎを起こしたこともないようなんだ」

「まさか、出合い頭に辻斬りにあったわけじゃないでしょう」

「それは考えられねえことだ。さほど酔っちゃいねえのに、自分の家とは逆のほうへ歩いていったんだ。なにか用があったからそうしたんだろうが……」

伝次郎は遠くに視線を投げて、暗い夜道をひとりで歩く仙五郎の姿を思い浮かべた。

はたしていったい、どこへ行くつもりだったのだろうか？　誰かに会うためだったのか？

仙五郎の行動は依然謎に包まれたままである。

伝次郎はその場で小一郎と別れると、もう一度、仙五郎が殺されたあたりまで行った。気づくことはなにもない。

近くに住む武士が中間《ちゅうげん》を連れて歩き去り、納豆売りがその日最後の商売に精を出しているだけだった。

家に帰ったときはすっかり暗くなっていた。居間の行灯に火を入れたとき、戸口で音松の声がした。

「あいてるから入れ」

声を返すと、音松ががらりと戸を開けて入ってきた。

「旦那、仙五郎が昼間会った男がいました」

# 第五章　御竹蔵裏《おたけぐら》

## 一

「そいつは？」

「へえ、安宅《あたけ》に住んでいる宇平《うへい》という野郎ですが、こいつは巾着切《きんちゃくき》りです」

「掏摸《すり》か。それで、仙五郎とはどういう間柄なんだ？」

「宇平の野郎、のらりくらりと誤魔化《ごまか》すようなことをいってやがったんですが、仙五郎が殺されたというと、ずいぶん驚きまして、昔の仲間だったといいます。神明町の周蔵という博徒一家にいた頃に知り合ったと」

「その宇平は下手人に心あたりはありそうなのか？」

音松はいいえと首を振った。

「ですが、仙五郎は宇平から巾着切りの手ほどきを受けてます」

「それじゃ仙五郎は掏摸をやってたのか？」

「おそらくそうでしょう。しかし、掏摸としての腕はよくなかったようです。宇平がそういうんです。それより、仙五郎は妙なことを宇平に話してます。なんでも今夜ひと稼ぎできるんだと宇平にいったそうで……」

「それは殺された日の昼間ってことだな」

「さいです。宇平は気になったんで、その稼ぎのことをあれこれ聞いたそうですが、仙五郎は得意そうな笑みを浮かべるだけで、しゃべらなかったらしいんです。宇平がしつこく聞くと、御竹蔵の裏に住んでいる男に会うだけだといったそうで……」

「御竹蔵の裏……」

仙五郎が殺されたのは、南割下水の西端、つまり御竹蔵の裏である。仙五郎はそこで男に会う予定だった。それも、前もって約束を取り付けていたと考えていい。

「どうします。宇平に会って、旦那から直接聞いてみますか？」

聞かれた伝次郎はしばらく考えた。

「よし、会おう」

会えば、もっと他のことを聞けるかもしれない。それが手掛かりになることもある。町奉行所時代、似たようなことは何度もあった。罪人の多くは、罪を犯す前に、手掛かりになるようなことを仄《ほの》めかしていることがある。

宇平は安宅の御船蔵前町《おふなぐらまえちよう》に住んでいた。安宅の通りには葦簀《よしず》張りの水茶屋が数軒あるが、その一軒の裏にある長屋だった。独り暮らしで妻帯はしていなかった。

「いったいなんだってんだ」

宇平は迷惑そうな顔をした。

徳利酒をやっているところで、鼻の頭を赤くしていた。

「仙五郎が殺された日の昼間会ったらしいが、そのときのことをもっと教えてもらいたいんだ。おれは本所方の手伝いをしている伝次郎という」

そう名乗った伝次郎を、宇平はしげしげと眺めて、

「なにを話しゃいいんだよ」

と、ぶっきらぼうにいった。

「仙五郎はその日、誰かに会うといっていたそうだな」

伝次郎は宇平をまっすぐ見て聞く。

「そんなことをいってたよ。ひと稼ぎできるんだと、嬉しそうな顔をして……」

「会うのは御竹蔵の裏に住んでいる男だったらしいが、その相手の名を聞いてないか？」

「名前なんかいわなかったね」

伝次郎は殺風景で雑然と散らかっている家の中に視線をめぐらした。二匹の蠅《はえ》が飛びまわっていた。

「やつはなんの用でおまえを訪ねてきたんだ？」

「なんの用って。暇つぶしでしょう。ときどき、おれの様子を見に来たといって、暇をつぶしてくんです。まあ、おれの稼ぎを知りたがってもいましたが……」

「やつに掏摸の手ほどきをしたそうだな」

宇平は煮干しを齧《かじ》って、まあ、といった。

「不器用だからやめとけといったんですが、食い扶持《ぶち》がねえから教えろってんで、あれこれ教えましたけど、下手もいいとこで見てられませんでした。掏《す》ったのは二、三度くらいしかないんじゃないすかね。おっと、おれはもうやってねえからな」

宇平は自己弁護して、さらに言葉を足した。

「あの野郎には女がいましたからね。品川の飯盛りだったらしいですが、うまくたらし込んで……」

言葉を切った宇平は、そこでなにかに思いあたった顔をした。

「どうした」

「へえ、そういや、その会うって男は、やつの女のおかげだといってましたっけ」

「やつの女というのはおしげのことだな」

「おしげっていうんですか……そりゃ知らなかった。ですが、そんなことをいいました」

伝次郎は目を光らせた。仙五郎が会おうとしていた男を、おしげも知っているのかもしれない。

「音松、今夜はもう遅い。おまえは帰っていい」

伝次郎は宇平の家を出てからいった。

「おしげに会うんだったら付き合います」

「いや、ひとりでいい。人が多いと、おしげの口も重くなるだろう」

音松は少し考える顔をして納得した。

「旦那、それじゃ明日、どうなったか教えてください」

その場で、伝次郎は音松と別れておしげの家に行った。

「夜分にすまねえな」

戸を開けてくれたおしげに謝って、伝次郎は居間に上げてもらった。線香の匂いが漂っていたが、おしげは少し落ち着いた顔をしていた。

「なにかわかったんですか……」

おしげが茶を差しだしながら聞いてくる。

「宇平って男を知ってるか？　仙五郎の昔の仲間だったらしいが……」

いいえと、おしげは首を振った。

「わたしはあの人の友達や昔のことは、ほんとに知らないんです」

「……そうか。まあ、それはいいが、仙五郎は殺された日の昼間、その宇平って男に会ってる。そのとき、御竹蔵の裏に住んでいる男に会うといったそうだ」

伝次郎はおしげから視線を外さなかった。

「その男のことを、おまえも知ってるんじゃないかと思ってな」

「わたしがなぜ、そんな人を……」

おしげはわずかに視線を泳がせてから答えた。

「仙五郎はその男に会うのは、おまえのおかげだ、というようなことを口にしている」

「わたしのですか……」

おしげはまばたきをしながら、伝次郎の視線を外した。思いがけないという顔だ。

「ひょっとすると、店の客じゃないか……そんな客に心あたりはないか」

「客に……」

「おまえがどんな仕事をしていたか、仙五郎はよく知っていたはずだ。ひょっとすると、仙五郎はおまえの客に目をつけていたのかもしれない」

「そんな、まさか……」

おしげは否定するように首を振って、自分の茶に口をつけた。

「御竹蔵の裏には町人は住んでいない。おそらく相手は侍だろう。侍の客はいないか？」

伝次郎がそういうのは、仙五郎が見事な袈裟懸けで殺されていたからである。

「そりゃ、何人か取ったことはありますが、覚えてはいませんから……」

「気になるような侍客に心あたりは」

「知りません！　わかりません！　どうしてそんなにしつこく聞くんです」

おしげはいきなり金切《かなき》り声を上げて、にらんできた。目が潤んでいる。

「仙五郎の仇を取るためだ。仙五郎は世間の嫌われ者だったが、おまえにとってはなくてはならない人間だった、そうではないのか」

おしげはうつむいて黙り込んだ。膝の上に置いた手をひしとにぎりしめ、歯を食いしばって、なにかを堪えている。

伝次郎はまだ心の整理がついていないのだろうと察して、

「また、あらためることにする。だが、気になることがあったら、是非とも教えてくれ」

といって、腰をあげた。

おしげはずっと同じ姿勢のまま、座りつづけていた。

二

「旦那、竹鶴にこだわらなくても、他に店はあるじゃありませんか。もう半年も手をこまぬいてるんですぜ」

精次郎がじれったそうな顔を向けてくる。

利兵衛は聞き流しているのか、煙管をうまそうに吹かして表を見やった。庭の木《もく》蓮《れん》に花が咲いている。

朝から降りだした雨で、その白い花がしっとりと濡れていた。

「春はいいね。梅の花が散れば、桃の花が咲き、そして桜が人の目を楽しませる。それが終われば、こうして木蓮が花を開かせる」

利兵衛は精次郎には応じず、風流なことを口にする。

仙台堀《せんだいぼり》に面した深川西平野町《にしひらのちょう》の一軒家だった。利兵衛が新しく借りた家だ。

「旦那……」

精次郎が少し憤《いきどお》った声を漏らした。

「わかっているよ。おまえさんがなにをいいたいかは……」

利兵衛は精次郎をいなすように、煙管を煙草盆に静かに打ちつけた。

「たしかに店は他にある。だけど、竹鶴ほどのいい場所はないんだよ。わたしがなぜ、あの店にしつこくこだわっているか、まだわからないかね」

利兵衛は精次郎を眺めた。

この男は商家に勤めたら手代止まりだろう。番頭になれる器ではない。自分から離れないのは、自分の財力を知っているからにすぎない。つまり、おこぼれに与《あずか》りたいだけの、能のない男なのだ。

利兵衛はとっくに精次郎という人間の質を見透かしていた。頂点に立つ器は持ち合わせていない。

しかし、こういう男も使いようがあるのはたしかだ。それに、敵にはまわしたくない男である。子飼いにしておけば、それなりに使い勝手のいい人間である。

「柳橋の店をあちこち見てまわったけど、竹鶴のような眺めを持つ店はどこにもない。あの店はじつにいいところにある。そのことに気づいているものは、あまりいないだろうね。主の角右衛門も気づいていないかもしれない」

りませんか」

「しかし、角右衛門は意地でも首を縦には振りませんよ。そんな面をしてるじゃあ

「ああ、あの男を口説《くど》くのはもうあきらめた。このままじゃ無理でしょうからね」

「旦那はあの店をつぶすといいましたが、どうやってつぶすんです。それで自分のものにできるんですか」

「おやおや精次郎。わたしを疑っているのかい。大きなことをやるには、それなりに手間暇がかかるもんだよ。ものを右から左に移すようにはいかない。そりゃあ、わたしだっていつまでも遊んでいるつもりはないよ。だがね、なにかをやるには時機というのがある。いい頃合いってものだがね。わたしはなるべく波風を立てずに、あの店を自分のものにしようと考えていたんだけど、まあ、こうなったらそれもできない。いまは、つぎの手を打つ頃合いを探っているんだよ」

「つぎの手といいますと……あの店をつぶすってことですか……」

利兵衛は楽しそうに茶を含んだ。

「あの店には駒留の尹三郎一家が後ろについてんです。下手なことをすりゃ、その一家が出てきますよ。そんなことになったら、江戸に住んでいられないどころか、

命だって狙われるかもしれませんよ」

「精次郎、おまえさんも気の小さいことをいうね。捨場の鉦蔵一家にいる頃からそうだったのかい。もっと肚《はら》の据わった男だったはずだ。仲間内でも度胸者といわれていたんじゃないか」

精次郎は黙り込んだ。

「わたしはね、命がけで商売をやろうと思っているんだよ。だからじっくり時をかけているんだよ。傍目《はため》にはのろのろしているように見えるかもしれないけれど、勝負に出るときは慌てちゃいけない。やり方にはいろんな道がある。その中で最善だと思える道を選ばなければならない」

「竹鶴のそばにある店を抱き込んで、竹鶴の客を取ろうとでもお考えで……」

「そんな野暮《やぼ》なことはしないよ。あの店の客を奪うのは生やさしいことじゃない。そりゃあ、あの近所に新しい店を構えて、評判の店にすればできないことはないだろうけど、それでは先が知れている。わたしは大きく出たいんだよ。そのためには難しいことを、ひとつひとつ片づけていかなければならない」

「旦那、だからどうやってつぶすってんです。もどかしい話はもうやめましょうよ」

利兵衛は精次郎を眺めて、飲み込みの悪い男だと思う。つまり凡人なのだ。目端《めはし》の利く人間は辛抱《しんぼう》ができる。相手の腹の内を読もうと、あらゆることを自分なりに考えて、咀嚼《そしゃく》する。精次郎にはそれがない。

（しかし、まあいいか……）

利兵衛は精次郎に、望んでもしようのないことだと思った。

「駒留の尹三郎親分とまずは会うことにする」

精次郎はギョッとしたように顔をあげた。

「角右衛門を口説けなかったのは残念だが、つぎは尹三郎親分を口説くことにする。こんなことは避けて通りたかったんだけどね、こうなったらそれしかない」

「ちょ、ちょっと待ってください」

精次郎は慌てたように膝を詰めてきた。

「駒留の尹三郎一家は、竹鶴と通じてんですよ。竹鶴は店を守ってもらうために、それなりの付け届けをやっているはずです。旦那に転ぶはずがないじゃありませんか。だって旦那、考えてもごらんなさい。旦那は店もなにも持ってないんですよ。

どうやって尹三郎親分を口説くってんです。そりゃあ無理ですよ」

「わたしは無理だとは思わないね。駒留の尹三郎といえど、人の子だ。博徒だといっても、所詮は欲のあるやくざじゃないかね。やくざはなにを一番大切にする？おまえさんにはわかるだろう」

「そりゃあ、義理です」

「それじゃ駒留の尹三郎は、竹鶴への義理があるから、裏切りはしないということかね」

「まっとうなやくざは、義理堅いもんです」

利兵衛は、ふーんといって、茶を飲んだ。

「義理というのは金だろう」

その一言に、精次郎は驚いたような顔をした。利兵衛は言葉を重ねた。

「尹三郎は竹鶴から付け届けの金をもらっている。もちろん金だけじゃないだろうけど、その手前義理立てをしなければならない。ところが、その金がもらえなくなったら、義理など一昨日の空だ。駒留の尹三郎がどんなやくざかは、会ってみなければわからないけれど、金をほしがらないやくざはいない。そうではないかね」

「……」

「一家を束ね、子分を抱えるには金がいる。一家が大きければ大きいほど、費《つい》えは多くなる。金のやりくりは生易《なまやさ》しいものじゃない。そうじゃないかね」

「まあ……」

「ここまでいえば、わたしがなにを考えているか察しがつくだろう」

「金で釣るってことですか……」

「まあ、縮《ちぢ》めていえばそんなところだろうね。その前に、あの伝次郎という船頭を味方につけておかなければならない。あの男は使えるからね」

「やつをなんに使おうってんです。まったく旦那の考えてることはわからねえ」

腕組みをして首をかしげる精次郎を、利兵衛は楽しそうに眺めた。

三

広瀬小一郎はたたんだ傘のしずくを落として店に入ってきた。小一郎のために戸をあけてやったのは、道役ではなく八州吉《やすきち》という小者だった。

伝次郎は小上がりに座ったばかりで、茶に口をつけたところだった。そこは、松井橋のすぐ近くにあるそば屋だった。小一郎に話があるといわれ、呼びだされた店だ。

「なにか頼んだか?」

小一郎は伝次郎の前に座って聞いた。

「いえ、まだです」

「それじゃ、ぶっかけにしよう。ここのは格別なんだ。おい、女将ぶっかけを三つだ」

小一郎は注文をして、

「昼にゃ早いが、客が少なくて話しやすい」

と、いつになく表情がやわらかい。少し離れたところに座っている小者の八州吉も、好意的な笑みを浮かべている。

「話とはなんでしょう。まさか、下手人が見つかったのでは……」

「それだったらなおいいさ。そうじゃないが、おぬしへの疑いはなくなった」

小一郎はにやりとした笑みを浮かべた。

「あの晩、おぬしを見たものはいなかった。ところがちゃんと知っていたやつがいた。同じ長屋に栄太郎《えいたろう》という男がいるだろう」

伝次郎は少し考えてから思いだした。

「塩の仲買をやっている栄太郎さんですね」

「あの日、栄太郎は仕事で行徳《ぎようとく》に行っていた。そして翌朝早く、また仕事に出かけ、そのまましばらく家を空けていた。その栄太郎が件《くだん》の夜に、おぬしが『ちぐさ』から帰ってきたのを見ていた。また、おぬしがその晩家を出ていないことも知っていた」

「それじゃ疑いは……」

「そうだ、端《はな》からおぬしではないと思っていたが、とにかくよかった」

伝次郎はふっと息を吐いて、肩の力を抜いた。

同じ長屋のものに自分の無実を立証させるために、自分で動いてもよかったが、そうすれば口裏合わせをしたのではないかと疑われる。

よって、伝次郎はなにもしなかったし、小一郎がひそかに長屋の連中に聞き込みをかけていることも知っていた。

「ありがとう存じます」

伝次郎は小一郎に頭を下げた。

「なにをいいやがる。おれはあたりめえのことをやっただけだ。それより、なにかわかったことはねえか」

小一郎は話題を変えた。

「仙五郎が殺された日の昼間、会った男がいます」

小一郎は出しかけた煙草入れをそのままにして、目を光らせた。伝次郎は宇平から聞いたことを手短に話してやった。

「御竹蔵の裏に住んでいる男……」

話を聞いた小一郎は、格子窓《こうしまど》の外に目を向けた。

朝から降りつづいている雨は、やむことを知らないようだ。静かにしていると、屋根や庇《ひさし》をたたく雨音がする。

「あの辺は武家地で町人は住んでいません。すると、仙五郎が会おうとしたのは、侍だったはずです。仙五郎は一刀で斬られていたんでしたね」

「そうだ、一太刀だった。袈裟懸けに……」

「こうなると、下手人は侍と考えていいのではありませんか」

「ふむ。いいことを教えてくれた」

小一郎が感心顔をしたとき、そばが届けられた。そばの上に、大根おろしと天かすがのせられていて、それに海苔《のり》を散らしてあった。

「このぶっかけが好きでな。まあ、食ってみな」

小一郎がそばを掻《か》きまぜながらいう。伝次郎も真似をする。そばには風味があり、具とつゆをまぜ合わせることで、さらに味が引き立った。つんと鼻をつく山葵《わさび》もいい。

「おれのほうの調べだが……」

小一郎がそばをずるずるすすりながら話す。

「仙五郎と喧嘩しそうになったやつを何人かあたったが、どいつもこいつも殺しは無理だった。それに刀を使えそうな男はいなかった」

伝次郎は口についたつゆを、手の甲でぬぐって小一郎を見る。

「だが、その中に人を使いそうな男がいた。侍の知り合いのいる男だった。これで決まりだと思って、調べを進めたが、当て外れだった」

小一郎は具体的な名前をあげずに話す。

「仙五郎はあちこちで悶着《もんちゃく》を起こしている。あきれるほどだ。手先が走りまわって調べているが、疑いの濃いやつは浮かんでこない」

「昔の恨みというのはどうです？」

「それも考えているところだ。やつは博徒一家にいたことがある。そのころに恨みを買っているかもしれねえ。だが、これはこれから手をつけることだ」

「広瀬さん、助《すけ》をします」

伝次郎がいうと、小一郎が顔を向けてきた。

「船頭仕事はしばらくできません。新しい舟を造ってもらってるんです。舟は当分の間は使えますが、客は乗せられないんです」

「なぜ？　仙五郎に壊されたからか……」

伝次郎はその理由を話してやった。

「それじゃ仕方ねえな。だが、おぬしが手伝ってくれるんだったら喜んで受ける。それに、いい話を聞いた」

小一郎は丼に残っているそばつゆを飲みほした。調べについての指図は、なにも口にしない。伝次郎が探索のイロハを十分心得ているからだ。

藪久《やぶきゅう》の前で小一郎と別れた伝次郎は、自分の舟をつないでいる山城橋に足を向けた。雨は強くはないが斜線を引いている。六間堀がいつになく濁って見える。河岸場の舟着場にはいつもより多くの舟が舫ってあった。

自分の老舟はそんな中にひっそりと浮かんでいる。舟の中に雨水がたまらないように筵《むしろ》をかけていた。

伝次郎はふっと、短い吐息をついて雨を降らす暗い空を見あげた。疑いは晴れたが、下手人を探そうと考えている。行きがかり上、あっさり手を引くことができないということもあるが、おしげにも下手人を探すといっている。

(御竹蔵の裏に住む侍か……)

視線を六間堀に戻したとき、背後から声がかかった。

「伝次郎さん」

振り返ると、そこに利兵衛と精次郎が立っていた。

四

「なにやら舟が壊されたそうですな」

ふくよかな顔に、相変わらずの笑みを浮かべて利兵衛が近づいてきた。

「なぜ、それを……」

伝次郎は利兵衛とそばに立っている精次郎を見た。精次郎は無表情だ。

「この辺では噂になっているではありませんか」

伝次郎は訝《いぶか》しげな目を利兵衛に向けた。まさか、この男が仙五郎にやらせたのではと、そんなことが頭に浮かんだ。

「そんな噂が流れているとは知らなかった」

「舟も新しくされるらしいですね」

(こいつ、なぜそんなことまで知っているのだ)

伝次郎は利兵衛から精次郎に視線を移した。

「どこで聞いた？」

「だから噂ですよ。伝次郎さんは腕のある船頭だ。その大事な舟が壊されたとなれば、ただ事ではありません。しかし、舟を新しく造るとなると、なにかと物入りでもありましょう。新しい舟ができるまでは、仕事もできないのではありませんか」

「あんたの心配するようなことではない」

「まあ、そうでしょうが……。立ち話もなんです。どこかで少し話をしませんか。頼まれてもらいたいことがあるんです」

利兵衛は拒絶できない笑みを向けてくる。目の下のたるみが膨らんでいる。よくよく見ると、大きな福耳《ふくみみ》をしていた。

「この前の話だったらお断りだ」

「承知しております。それとはまた別のことです。少し暇をいただけませんか」

ほんとうは相手にしたくない男である。しかし、利兵衛には人をとらえて離さないものがある。また、伝次郎は、利兵衛の腹の内を知っておこうという気にもなった。

「それじゃその辺の茶店で……」

伝次郎はそういって、先に歩きだした。

木戸番の脇をとおり、山城橋をわたる。そのまま本所林町《はやしちょう》一丁目まで行き、河岸道にある茶店に入った。葦簀の向こうに広がる本所の町屋が雨に烟《けむ》っていた。

「もう一度聞くが、どうして舟のことを知った？」

茶を運んできた小女が下がるのを待って、伝次郎は口を開いた。歩きながら考えていることがあった。仙五郎殺しにからんでいるのではないかという疑念だ。利兵衛は一度、侍を雇って自分の腕を試したことがある。

「正直に申しますと、伝次郎さんが舟の修理をしているところを見かけたのです。小平次という船大工を雇っておられました」

「小平次のことを知っているのか？」

「いえ、あとで小平次さんを訪ねて世間話をしただけです」

伝次郎は利兵衛をじっと見た。

「誰がおれの舟にいたずらをしたかも聞いたというわけか……」

「仙五郎という遊び人だと、商番屋《あきないばんや》で聞きました」

山城橋の際に商番屋がある。これは木戸番の別称である。

「まさか、仙五郎のことを知ってたんじゃないだろうな」

伝次郎は腹の内を探るような鋭い目を利兵衛に向けた。

「いいえ、会ったこともありませんよ。その仙五郎という男とは、けじめをつけられたのですか？」

「いかがなさいました」

伝次郎は利兵衛を凝視した。とぼけているのか、そうでないのかわからない。

「あの男は殺された」

「えッ」

自然な驚きだった。精次郎を見ると、やはり意外そうな顔をしていた。二人の表情の変化に、偽りは感じられない。仙五郎とのつながりはなかったようだ。

「そのことでおれが疑われる羽目になった。もっともすぐに嫌疑は晴れたが……」

「それじゃいったい誰が、仙五郎という男を……」

「まだわかっていない。それより、話というのは……」

伝次郎は先をうながした。

「ある人に会わなければなりません。しかし、わたしと精次郎だけでは心許《こころもと》ないので、その人と会う際に同席してもらいたいのです。いっしょにいてもらうだけで結構です」

「同席だけで役に立つというのか」

「十分です。ちゃんと手間賃もお支払いいたします。ただ、そばにいてもらうだけでことは足ります。大事な商いのために、どうしても避けて通れないことなのです。頼みとはそんなことです」

「なんだかうますぎる話だな」

「うまく話が進めばご祝儀も出しましょう。伝次郎さんは新しい舟を造られている。その足しにもなると思いますが……どうでしょう、受けていただけませんか」

「いったい誰に会うというんだ」

「尹三郎という人です。わたしは大きな話をしなければなりません。しかし、相手は力のある方なので、こっちの足許を見られるようなことは避けなければいけませんし、舐《な》められたくもありません。まあ、二、三度会わなければならないでしょうが……。いっておきますが、やましいことではありませんよ。商いをやるための段取りをつけるだけです」

伝次郎は冷めた茶に口をつけて、表を眺めた。雨は降りつづいている。仙五郎の下手人探しをしなければならないが、稼ぎも必要だった。

「同席するだけで、ことが足りるのだったらいいだろう。そのあとで、無理難題を押しつけられては困るが……」

「決してそのようなことはありません。どうか、ご安心を」

利兵衛は笑みを浮かべていう。

「それで、いつその尹三郎という人に会う？」

「まずは先方と会う約束を取りつけなければなりませんので、おって連絡いたしましょう。でも、話を聞いてもらえてようございました」

「どうやって連絡《つなぎ》をつける？」

「伝次郎さんの引っ越し先はもうわかっておりますので、使いを出します」

利兵衛はにこやかにいう。伝次郎はなにもかも手まわしのよい男だと、あきれるしかない。それから茶に口をつけると、財布を取りだして、

「先だっては過分な舟賃をもらった。釣りを返しておく」

と、三枚の小粒をつかんだ。

「いやいや、それには及びません。あれは無理を聞いてもらったのです。迷惑料も

入っておりますので、どうかそのままに」

利兵衛は手をあげて、伝次郎の返金を拒んだ。

五

数日、仙五郎殺しの下手人探しは進展しなかった。

小一郎も新しい手掛かりをつかめずに難渋《なんじゅう》している様子だ。伝次郎は舟を新造している小平次の作業場を見に行った帰りに、おしげを訪ねた。

「ずいぶん片づいたな」

家に入れてもらうなり、伝次郎はそういった。言葉どおり家の中がすっきりしていたのだ。

「越すことにしたんです」

茶を持ってきたおしげがそういう。

「この前も、そんなことをいったな」

「独り暮らしにはもったいない家ですから」

おしげは落ち着いた様子だった。先日は取り乱していたが、悲しみの色も薄れているようだった。

「下手人探しだが、難渋《なんじゅう》している。一筋縄ではいかない」

伝次郎は愚痴るようなことをいって、茶に口をつけて片づけられた荷物を眺めた。

仙五郎の着物がたたまれている。よく見ると、古着とは思えない上物ばかりだ。それに煙草入れや煙管なども高価なものだとわかった。

「仙五郎は洒落者だったんだな」

「身仕舞いにはうるさい人でしたから、わたしも着物によくケチをつけられました。その他にも髪がどうの、扇子《せんす》がどうのと……稼ぎもないくせに、よくいってくれました」

「仙五郎はまったく稼いでいなかったのか？」

伝次郎はそばにたたまれている浴衣に触れてみた。上布《じょうふ》である。その辺の町人には手の出ない代物《しろもの》だ。

「たまにお金を持ってくることがありました。めったにあることではありませんけど」

伝次郎は、そういうおしげに顔を向けた。

「どうやって稼いだんだ？」

「博奕で勝ったようなことをいってました。博奕はあまりやらない人でしたけど、たまにやるとツキがまわってくるらしいんです」

「どこの賭場かわかるか？」

「さあ、どこでしょう。わたしには興味のないことですから……」

伝次郎は何気なく家の中を見まわした。一軒家は家賃も高い。これまで気づかなかったが、調度《ちょうど》も安物ではないし、着るものにも金がかかっている。贅沢な暮らしだ。

それもこれも、おしげの稼ぎでまかなっていたはずだ。体を張った水茶屋仕事とはいえ、それだけの実入りがあるのかと、不思議に思った。

だが、その疑問は胸の内にしまって、伝次郎は他のことを訊ねた。

「この前も聞いたことだが、下手人についてなにか気づいたようなことはないか？」

おしげはゆっくりかぶりを振って答えた。

「わたしなりにいろいろ考えてみたんですけれど、なんの心あたりもないんです。そりゃあ、気の短い人でしたからあちこちで喧嘩したり、口やかましいことをいって煙たがられたりはしましたが、人に殺されるような人ではなかったはずです。誰と喧嘩したかは、広瀬様にすっかり話してありますけど……」

「さようか……。で、引っ越しはいつだ？」

「今月の晦日《みそか》まではここにいられるので、それまでに探そうと思っています。ついでに仕事も変えるつもりです」

「ほう……」

「今度はちゃんとしたまともな仕事をします」

おしげは意思をかためたように唇を嚙んだ。

結局、おしげからはなにも聞くことはできなかった。表に出た伝次郎は所在なげに、竪川沿いの道を歩いた。いっこうに進まない調べだが、なにかが心の隅に引っかかっていた。

（おれはなにか見落としているのではないか……）

町奉行所の同心時代にもそんなことがあった。

(なんだ……)

仙五郎のことは、ほとんど調べ尽くされたといっていいだろう。その調べは小一郎が徹底してやっているのだ。それでもなにも手掛かりがつかめない。

伝次郎は松井橋の上で立ち止まった。長さ六間、幅二間の小さな橋は、俎板《まないた》橋とも呼ばれている。欄干《らんかん》にたたずみ、竪川の流れを眺めた。

客を乗せた猪牙や俵物を積んだ苫舟《とまぶね》、空《から》の平田舟《ひらたぶね》などが行き交っていた。二日ほど降った雨はやみ、よい天気だった。竪川は晴れた空を映して、きらきら輝いている。

「そうよ。あんなうだつの上がらない男だとは思いもしなかったわ。まったく腹が立つったらありゃしない」

背後をどこかの女房が愚痴りながら通った。

「きっと改心してくれるわよ」

連れの女が宥《なだ》めている。

「改心なんかするもんですか。あんな男、とっととおっ死《ち》んじまえばいいのよ」

「そんなひどいこといわないの。待ちなさいよ。いったいどこへ行くつもりなのよ」

伝次郎は通り過ぎた二人の女を眺めた。

ひとりが引き止めようとしているが、腹を立てている女は逃げるように足を速めていた。その姿が次第に遠のいた。

めずらしい光景ではない。夫婦仲がこじれての些細な痴話喧嘩はどこにでもあることだ。それも一時のことで、翌日にはそれまでと変わらない暮らしをしている。夫婦とは互いに腹を立て、そして堪えて、生きるものだ。つまるところ、夫婦には忍耐が強《し》いられる。伝次郎にも覚えがある。

だが、さっきの腹を立てている女房の言葉が、耳にこびりついていた。

——あんな男、とっととおっ死んじまえばいいのよ。

おしげもそんなことを思ったことがあるはずだ。ひどい暴力をふるわれつづけていた女である。しかも、うだつの上がらない仙五郎の面倒を見ながらである。

伝次郎は、はっと顔をあげた。千草はおしげについてこんなことをいっていた。

——ひょっとすると、逃げよう別れようと本気で考えていたのかもしれない。ただ、おしげさんは、そのきっかけをつかむことができなかっただけなのかも……。

おしげは仙五郎の愚痴をまったくこぼさなかったのか。そんなことはない。さっきの女房のように、腹立たしいことがあれば、誰かにその鬱憤《うっぷん》をぶちまけたり、悩みを打ち明けるはずだ。

伝次郎の脳裏に、おしげがはたらいている水茶屋の女が浮かんだ。

六

「相談……。そんなこと持ちかけられたことはないですよ」

おまきという水茶屋の女将は、吹かしていた煙管を置いて答えた。口ぶりは丁寧だが、どこかはすっぱである。化粧のりの悪くなった三十年増《どしま》だが、衣紋《えもん》を抜いた襟足だけはきれいだった。

「おしげはもうこの店には関わりのない女だ。隠すことはないだろう」

「なにも隠しゃしませんよ。それより、いきなりやめるといってきたんで、ちょっとむかついてんです」

おしげが店をやめると告げたのは、昨日だったらしい。

「いっしょに暮らしていたのは仙五郎というんだが、その男について聞いてないか」

伝次郎はおまきをのぞき込むように見る。

「死んだらしいですね。おしげの情夫《いろ》だったんでしょう。それにしても、殺されちまうなんてねえ。でも、わたしゃなにも聞いてませんよ。世間話なんてのもめったにしなかったし、おしげはわたしにはなつかなかったし……」

「それじゃ、おしげと仲のよかった女はいないか?」

おまきは、勿体をつけるようにしばらく考える目をした。伝次郎はすかさず、用意していた心付けをおまきにわたした。この辺の間《ま》は、同心時代に覚えたことだ。

案の定、おまきの目つきがやわらかくなり、警戒心をゆるめるのがわかった。

「ちょいと待っておくれまし」

おまきはそういって、奥に引っ込んだ。

店の奥は他の客から見えないように、長暖簾《のれん》で目隠しをされている。その奥がどうなっているか、伝次郎には想像できる。二畳にも満たない殺風景な部屋があるのだ。

伝次郎はおまきが戻ってくる間に、茶を飲んだ。目の前の通りは人の往来が多い。使い走りの小僧が駆けてゆき、布施《ふせ》を乞う坊主が念仏《ねんぶつ》を唱えながら歩き去った。華やかな柄をあしらった着物姿の二人の娘、家来を連れた武士、番頭ふうの男、回向院の参詣客、車力に、駕籠《かご》屋……。

「このお客さんよ。話しておあげ」

おまきが連れてきたのは、おまさといった。おしげと同じ年頃の女だ。

「おれは町方に助をしているものだ。あやしいもんじゃない。まあ、これへ」

伝次郎はどことなくビクビクしているおまさを、同じ床几に座らせた。小柄でふっくらした顔だった。目が大きく瞳が澄んでいる。

「おしげと仲がよかったんだな」

「仲がよかったといっても、この店で話すぐらいでしたけど……」

おまさは気恥ずかしそうに、もじもじしている。体を売っている女にしては、うぶな印象を受ける。

「おしげに男がいたのは知っているな?」

「何度か聞いたことはあります」

「どんなことを聞いた？」

「仕事をしてほしいとか……ほんとは、別れたいみたいなことです」

「別れたいといったのか？」

伝次郎は眉宇をひそめた。

「ときどき、おしげさんは体に痣《あざ》を作ってくることがあったんです。どうしたんだいと聞くと、転んだとか、柱にぶつかったとかいいましたけど、わたしはそうじゃないとすぐに気づきました。だから、いっしょにいる人にひどいことされたんじゃないの、と聞いたんですけど、おしげさんはそんなことする人じゃない、たまに怒るけど、根はやさしい人だから、といってました」

おしげは真実を隠していたようだ。それとも打ち明ければ、自分の恥になると思ったのか、さもなければ内輪のことはあまり外に出したくなかったのかもしれない。

伝次郎はいくつかの質問を重ねたが、やはりおしげは仙五郎のことを詳しく話していないようだった。

「客はどうだろう。おしげは客にはあれこれ話してるんじゃないのか」

「それはないはずです」

「客とは行きずりだ。内輪のことを愚痴ったとしても、その場かぎりの話で終わるんじゃないか」

「愚痴を漏らしてもお客は喜んだりしませんよ。あべこべにお客の愚痴を聞かされるのはしょっちゅうです。そんなときは自分の愚痴をいって話を合わせたりもしますけど」

「愚痴に……愚痴を……」

「はい」

おまさはときどき、奥に座っている女将のおまきの顔色を窺《うかが》うように見た。日が雲に遮られるたびに、店の中が薄暗くなり、日が出るとまたあかるくなり、板壁の隙間から光の条《すじ》が土間に射し込んだりした。

「おしげに侍の客はついただろうか?」

「お侍はたまにつきますけど……」

「その中に、おしげと仲のよかった侍がいたようなことはないか」

おまさは視線を短く泳がせて、なにかに思いあたった顔をした。

「そういえば、おしげさんを贔屓《ひいき》にしていたお侍の客がいました」

「どんな侍だ？」

伝次郎はきらっと目を光らせた。

「どんなって……月に二、三度おしげさんに会いに来る人ですけど、ずいぶん年寄りです」

「年寄り。名前とか住んでいるところを知っているか？」

「それは……」

おまさはまたなにかを思いだそうという顔をした。目が大きいので睫毛も長い。まばたきするたびに、その睫毛が大きく動いた。

「名前を聞いたような気がするんですが、思いだせません。でも、そのお侍は、おしげさんが前に勤めていた店の客だったんです。おしげさんがこの店に来たので、追うように来たような……たしか、そんなことを聞きましたけど」

「その侍の顔は覚えているか？」

「なんとなく、覚えています。白髪頭で、とっくに六十を過ぎている年寄りです」

伝次郎はその年寄りの侍を探そうと思った。

おしげがこの水茶屋ではたらく前の店はわかっている。米沢町《よねざわちょう》にあるいかがわしい料理屋である。酌婦だったというが、ただの酌婦ではなかったはずだ。

「おまさ、いい話を聞かせてくれた。また、訪ねてくると思うが、なにか気になることを思いだしたら、そのとき教えてくれるか」

伝次郎は、はい、と小さくうなずくおまさに心付けをわたして表に出た。向かうのは米沢町の池田《いけだ》屋という料理屋だ。

七

池田屋という料理屋には覚えがあった。ずいぶん昔、つまり同心時代に、池田屋で小火《ぼや》騒ぎがあり、伝次郎は調べに入っていた。

店は薬研堀《やげんぼり》の舟着場のそばにあり、繁華な両国広小路からも近い場所なので、客足は悪くない。池田屋はそんなところに目をつけて、交渉次第で買うことのできる酌婦を置いていた。

伝次郎が暖簾をくぐると、番頭が飛ぶように式台《しきだい》にあらわれた。腰を低くして、おひとり様でしょうかと聞く。

「いや、ちょっと教えてもらいたいことがあるだけだ。おれは町方に助をしている沢村という。あやしいものじゃない」

商売用の愛想笑いを浮かべていた番頭は、真顔になった。

「どんなことで……」

「ここにおしげという女がいたはずだが、知っているか？　去年はこの店にいたはずなんだが……。年は二十四。丸顔でわりと目鼻立ちの整っている女だ」

伝次郎は用心深い目で番頭を眺める。昔はいなかった男だ。それとも手代あたりから出世したのかもしれない。とにかく自分のことを知っているようではなかった。

「それでしたら同じ女だと思います。あのおしげがなにか……」

「おしげがどうこうというのではない。年寄り客がついていたと思うんだが、覚えていないか？」

番頭は少し考える顔をして、はっと思いだしたように目を輝かした。

「おしげを贔屓にしていた方ですね。たしかにいらっしゃいました。ここではなんです、おあがりになってください」

番頭に勧められて、伝次郎は三畳のとっつきの部屋に案内された。

「……下のほうはちょっと思いだせませんが、もう六十をとうに過ぎている方です」

「森川なんと申す」

「たしか、森川《もりかわ》様だったかと思います」

「名はわかるか？」

番頭はそういってから、森川が銀髪髷で眉も白かったと話した。

「それでどこに住んでいるかわかるか？」

番頭はしばし視線を泳がせてから、何度か席についた女がいるから聞いてくると

いって中座した。

伝次郎は殺風景な部屋に視線をめぐらした。小窓があり、そこから薬研堀に架か

る難波橋《なにわばし》（元柳橋）が見える。

もし、森川という老人の侍が、御竹蔵の裏に住んでいたら、仙五郎殺しの下手人

かもしれない。そうであれば、おしげが森川に殺しを依頼したということになるが

……。

番頭は待つほどもなく、すぐに戻ってきた。

「沢村様、わかりました。その方は森川又右衛門《またえもん》とおっしゃって、お玉ヶ池《たまがいけ》あたりにお住まいだそうです」

「お玉ヶ池……」

住まいは御竹蔵のほうではない。

「はい、たしかなところはわかりませんが、お玉ヶ池だと聞いているそうで……」

伝次郎は膝許のすり切れた畳に視線を落として考えた。森川又右衛門は特徴がありすぎる。お玉ヶ池に行けば住まいはわかるだろう。

「手間をかけた。礼を申す」

伝次郎はそういって、些少《さしょう》の心付けを番頭にわたして店を出た。

そのままお玉ヶ池に足を向けるが、妙なことになったと、苦笑を浮かべた。世話になった酒井彦九郎や松田久蔵らの思いやりある誘いを断り、本所方の手伝いをしている。もっとも、自分に疑いがかかったという成り行きからこうなっているのだが、小さな罪悪感を覚えた。

お玉ヶ池には町人地に囲まれた恰好になっている武家地がある。その多くが、旗本や御家人の住まいだ。聞き込みをしてゆくと、森川又右衛門の屋敷はすぐにわかった。

玉池稲荷《たまいけいなり》のすぐそばにある屋敷だった。冠木門《かぶきもん》なので旗本だったようだ。庭にある躑躅《つつじ》が花を開きかけていた。質素ながら手入れの行き届いた庭だ。

伝次郎は屋敷を訪ねるかどうしようか逡巡《しゅんじゅん》した。正面からぶつかる手もあるが、先に証拠集めをしようと考えた。

まずは仙五郎が殺された夜、又右衛門がどこにいたかである。家にいなかったとなれば、疑いは濃厚になる。

近所の町屋で聞き込みをしていったが、誰もが又右衛門のことを知っていた。年寄りだが、佇《たたず》まいのよい老人だという印象が強い。書画骨董《しょがこっとう》を趣味にして、ときどき句をひねるために散策をしているらしい。

長く新番組《しんばんぐみ》にいて、小普請入をしたあとに隠居している。妻女は早くに死んでいて、いまは通いの飯炊き女と住み込みの中間がいるというのもわかった。

その日、本人の姿を見ることはなかったが、庄助《しょうすけ》という住み込みの中間をつかまえることができた。小泉町《こいずみちょう》の通りだった。

「へえ、なんのご用でしょう」

伝次郎に呼び止められた庄助は、小さな目をしばたたいた。頰がこけ、痩《や》せた小柄な男だった。五十半ばと思われた。

「つかぬことを訊ねるが、おぬしが仕えている殿様のことだ」

「へえ……」

庄助は訝しげな顔をする。

「おれは沢村という浪人だが、ときどき殿様を見かけて、いたく感心しているんだ。品のある人で、なにより佇まいがよい」

「そりゃどうも……」

庄助は頰をゆるめた。

「あれはたしか木母寺《もくぼじ》の梅若忌《うめわかき》の明くる日だったか、殿様にそっくりな人を見かけたんだが、本所のほうに出かけられなかっただろうか」

「梅若忌の明くる日ですか……」

庄助は空《くう》に目を向けて考えた。梅若忌は向島の木母寺で行われる大念仏会《だいねんぶつえ》である。知らないものは少ない。

「さあ、どうでしたでしょうか。ときどき本所のほうに出かけられているようですが、わたしは供をしておりませんので……」

「その夜はどうだった。夜にも見かけたような気がするんだが……」

「殿様はもうお年なので、めったに夜は出歩かれませんが、その夜でしたら家にいました。たしか早く休まれたはずです。でもいったいなぜ、そんなことを」

「いや、どうも見かけたような気がしただけだ。すると、他人の空似だったか。いや、妙なことを聞いてすまなかった」

伝次郎は逃げるように庄助から離れた。

(森川又右衛門ではないのか……)

庄助の言葉に嘘は感じられなかった。

そして、又右衛門は仙五郎が殺された夜は家にいた。仙五郎が殺された場所から、又右衛門の家は離れている。さらに、六十半ばの老人だ。

(人が斬れるか……)

自問したが、答えは斬れるである。

剣術の心得があれば、年は関係ない。もっとも体に不具合があれば無理だろうが、七十歳の老人が二十歳の青年を打ち負かすことはある。

しかし、又右衛門は問題の夜には家を出ていなかった。

すっかり疑いを解いたわけではないが、伝次郎は家路についた。西の空には夕映えがあった。雲は朱《あか》く染まっているところもあれば、紫がかった黄みを見せているところもあり、色を濃くしてゆく藍色の空を彩っていた。光の条を落とす雲間の周辺だけが、まばゆい白色になっている。

大橋をわたり、東両国広小路の雑踏を抜けて、回向院前に来て足を止めた。おしげの勤めていた水茶屋に出入りする客の姿があった。いずれも男だった。

吉原や深川の岡場所を面倒がり、また安く用をすませようという客たちだ。伝次郎はそんな客を見送ってから、一ツ目之橋をわたった。

鏡面《きょうめん》のように穏《おだ》やかな竪川が、暮れゆく空を映していた。河岸道に出ると、松井橋のほうに足を進め、途中にある自身番をのぞいたが、小一郎の姿はなかった。

どこかで鶯《うぐいす》が鳴いていた。そのさえずりを聞いて、千草の店に行こうと思った。

「旦那、探していたんです」

先の角からあらわれたのは、音松だった。

「なにかあったか」

「へえ、仙五郎が弱みをつかんで、さんざん強請《ゆす》っていた女のことがわかったんです。その女には男がいました」

伝次郎は目を輝かせた。

# 第六章　行徳河岸

一

「本所藤代町《ふじしろちよう》に名取《なとり》屋という小間物屋があります。駒留橋《こまどめばし》のすぐそばにあるんですが、その店におこうという後添いがいるんです。そのおこうが、横山町《よこやまちよう》三丁目の小倉《こくら》屋っていう糸物問屋の紀兵衛《きへえ》という亭主とできてたんです。仙五郎はそれを知ったらしく、おこうに何度も脅しをかけて金をせびり取ってたんです」

「大川を挟んでの不義密通というわけか。それで……」

伝次郎と音松は、河岸場に置かれた床几に座って話をしていた。

「道役の善太郎さんがそのことを突き止めたんですが、仙五郎って野郎は知れば知るほど質《たち》の悪い悪党です。もっとも後添いに来たばかりで、浮気するおこうって女房もどうかしてますが……」

「それで広瀬さんは？」

「目の色を変えて調べに行ってます」

伝次郎は竪川の向こうに視線を飛ばした。もう薄暗くなっていた。対岸の町屋にぽつぽつとあかりがあった。

「すると、おこうは自分を強請っている仙五郎のことを、小倉屋の主に相談したということか」

「あっしも詳しくは聞いてないんですが、大方そんなところでしょう。小倉屋の紀兵衛って主には侍の知り合いが多いそうなんで……金で雇ったってことも考えられるようなことを善太郎さんがいってていやした」

「小倉屋にはちゃんとした女房がいるんだな」

「いるって話です」

すると、小倉屋紀兵衛は自分と通じているおこうのことが、女房に知られると困ることになる。また、おこうも紀兵衛のことが亭主に知れると困る。強請るには恰好の相手だったというわけだ。

「どうします?」

音松が指図をあおぐ顔を向けてくる。小一郎らと調べにあたりたいという目だ。

「広瀬さんは、おれになにかいっていたか?」

「いえ、それはなにも、ただ伝えておけといわれただけです」

伝次郎は暗い川面に視線を落とした。町屋のあかりが映り込んでいる。

「調べに付き合ってほしいようなことはいわなかったんだな」

音松は首を横に振った。いまのところ無用な手助けはいらないということだろう。

するど、出しゃばるようなことは慎んだほうがよさそうだ。

「様子を見よう。ここまで調べを進めているんだ。広瀬さんは、用心深い調べをしているはずだ。おれたちはへたに動かないほうがいい」

「そうですか」

音松は残念そうな顔をした。

「広瀬さんの調べはすぐには終わらんだろう。飯でも食いに行こう。話したいこともある」

伝次郎はそういって床几から立ちあがると、千草の店に足を向けた。音松が黙ってついてくる。

途中で自分の舟を見たが、変わったことはなかった。隣に舫われた舟と体をこするようにあてながら、小さな音を立てていた。

暗くなっているので六間堀を往《い》き来《き》する舟はなかった。静かな水面が、河岸道を歩く人の持つ提灯や、料理屋のあかりを映しているだけだった。

「あら、いらっしゃいませ」

暖簾をくぐるなり、千草が声をかけてきた。目が嬉しそうに輝いていた。

伝次郎はいつも座る隅の小上がりで、音松と向かいあった。軽やかな足取りでやってきた千草は、声を弾ませて注文を聞くが、音松がいっしょなので常になく気を使ってくれる。それでも、何気なく目を合わせてくる。それだけで、男と女にしかわからない意思の疎通が取れた。

「おれもちょいと疑っている男を知ったんだ」

伝次郎は酒に口をつけてから切りだした。

塩辛《しおから》をつまんだ音松がひょいと顔をあげる。

「おしげを贔屓にしている侍がいた。六十過ぎの年寄りらしいが、おしげが以前はたらいていた米沢町の店からの客だ。森川又右衛門といって、新番組にいた人だ」

伝次郎はそう前置きして、その日聞き込みで調べたことをざっと話してやった。

周囲に聞こえないように声を落としていた。

「しかし、仙五郎が殺された時分に家にいたというんじゃ、どうしようもないんじゃ……」

「たしかにそうだ。だが、庄助という中間が気づかなかっただけかもしれねえ。寝間に入ったとしても、気づかれないように雨戸をそっと開けて表に出ることはできる」

「六十過ぎなんでしょう」

「新番組は番方《ばんかた》だ。日頃から鍛錬を怠らない。年を取っているからといって、腕が鈍《なま》っているとはいえない」

「まあ、そうでしょうが……でも、旦那はやけにこだわってるようですね」

「おしげがその森川殿のことを口にしなかったからだ。別に隠すようなことではない。しかし、おしげは森川殿のことを一言も話さなかった。以前勤めていた池田屋でも懇意にしてもらっていたようだし、回向院前の水茶屋でもそうだ」

「ふーむ」

音松はうなるような声を漏らして、酒に口をつけた。

「もし、森川殿がおしげから悩みを打ち明けられていたなら、黙ってはいなかったのではないか……。正義感の強い男でなくても、仙五郎のような男とは早く手を切ったほうがよいと思うはずだ。それに、おしげが頼んだとしたら……」

「仙五郎を斬るようにですか？」

「うむ。おしげは、仙五郎に救われたといった。一時の夢も見せてもらったと。しかし、それはほんの一時のことで、仙五郎は吸いついて離れないダニと同じだった。おしげにはたらかせて、自分は好き勝手に生きていたんだ。ときには殴る蹴るなどの乱暴もはたらいている。そんな仙五郎に、おしげは恐怖した。逃げたい別れたいと思っても、それより先に恐怖が立ち、どうすることもできなかった。誰かに一心に救いを求めたかった。しかし、そんな人間はまわりにいなかった。だが、森川殿はちがった」

「……」

「森川殿はおしげの父親より人生を知っている人だ。物わかりもよいだろうし、人のなんたるかも心得ているはずだ。贔屓にしている女に、救いの手を差しのべようと考えたかもしれねえ。真実はわからねえことだが、おれはそんなことを考えてみた」

「しかし、相手は女郎《じょろう》まがいの女ですよ」

「相手が女郎だろうがお姫様だろうが、強い同情心で人は動くことがある」

「なんとなくわかりはしますが……」

「音松、広瀬さんの調べ次第だが、明日は森川殿を見張りたい。付き合ってくれ」

「そりゃもちろんです」

快く応じた音松は、伝次郎に酒をついでやった。

二合の酒を飲むと、千草にめしをもらった。ちょうど筍《たけのこ》の炊き込みめしを作っていたといって、千草が出してくれた。

「伝次郎さん、明日もね」

勘定をするときに、千草が何気なくいった。明日も来てくれというように、音松には聞こえたかもしれないが、伝次郎は別の受け取り方をした。明日の夜、伝次郎の家に行くという意味あいだ。その証拠に、短く目を合わせたときに、「いいでしょう」というように小さく顎を引いた。

「ああ」

伝次郎は短く応じて店を出た。

「番屋に行くんですね」

音松がついてくる。

「うむ、広瀬さんの調べが気になる」

二人は来た道を後戻りする恰好で、暗い河岸道を辿った。

前の日に、伝次郎は小一郎にいわれたことがあった。松井町の自身番には遠慮しないで出入りしていいと。詰めている書役や店番らには、自分の手先仕事を手伝ってもらっていると説明したらしい。伝次郎も、そういってもらったほうが動きやすかった。

松井町一丁目の自身番に、小一郎は戻ってきていた。伝次郎が戸障子を入ると、厳しい目を向けてきた。伝次郎はなにかあったなとすぐに感じたが、教えてくれたのは、道役の善太郎だった。

「おこうが逃げたんです」

「逃げた……」

伝次郎は善太郎から小一郎に顔を向けた。

二

「あらましは聞いてると思うが、仙五郎はおこうを脅していた。しかし、名取屋の後添いではあるが、金の工面《くめん》はなかなかできない。その肩代わりをしていたのが、浮気相手の小倉屋の主・紀兵衛だ。仙五郎は都合二十五両の金を強請り取っている。もし生きてりゃ、これから先もねちねちと強請られていたはずだ。しかし、やつは殺された」

小一郎は一度茶に口をつけてつづけた。

「いまはまだ、はっきりしたことはいえねえが、おこうと紀兵衛は仙五郎殺しを企《たくら》んだ疑いがある。それに、紀兵衛には侍の知り合いが多い。それは商いの裏で、こっそり金貸しをやっているからだ」

「それじゃ小倉屋紀兵衛を調べるのが先でしょう」

そういう伝次郎だが、小一郎はゆっくりかぶりを振った。

「小倉屋もいないんだ。どこへ消えたかわからねえ。それでおこうに会って話を聞いていたんだが、厠に立ったまま帰ってこない。気がついたときには姿がなかった」

「それはどこで？」

「おこうのことを考え、亭主にばれないように気を使ったのがしくじりだった。名取屋のそばにある料理屋の一部屋を借りたんだが……」

小一郎はそういって舌打ちをする。

伝次郎は音松と顔を見合わせた。

「とにかく二人を探さなきゃならないですね」

「とりあえず、名取屋と小倉屋には見張りをつけているが……」

小一郎は深いため息をついて、言葉を足した。

「小倉屋紀兵衛は店の金を持って行方《ゆくえ》をくらましている。ひょっとすると、おこうと逃げる段取りをつけていたのかもしれねえ。そうだったら、いまごろどこかで落ち合っているはずだ」

伝次郎は上がり框に腰掛けて腕を組んだ。

(金を強請っていた仙五郎を殺しての、駆け落ちなのか)

そう考えてもおかしくはないが、伝次郎は別の考え方もあると思った。

「広瀬さん、二人が仙五郎殺しを企んだという証拠はあるんですか?」

「それは……ない」

「ないが、大いに考えられるってことですね。しかし、逃げたのはそんな理由ではなかったかもしれません」

小一郎は片眉を動かした。

「おこうと小倉屋紀兵衛はいくつです?」

「おこうは二十二、紀兵衛は三十。紀兵衛は先代店主が死んだので、跡を引き継いで二年だ。裏の金貸業をはじめたのは一年ほど前からだ」

「二人とも若いですね。おこうは後添いになって間もない。当然、紀兵衛との関係を知られるのが怖い。また、紀兵衛も女房には知られたくないこと。しかし、互いの関係が知られそうになった、あるいは知られたから、いいわけのしようもなく駆け落ちした。そうとらえることもできるのでは……」

「だからといって、仙五郎殺しの疑いを解くわけにはいかねえ」

それはそうである。

「とにかく明日から、おこうと紀兵衛探しだ。急いで二人の似面絵《にづらえ》を作るが、伝次郎、引きつづき助をしてくれるか。おぬしにはあまり無理を頼めねえのは承知しているが……」

「ここに至って、指をくわえて見てるわけにはいかないでしょう」

伝次郎が口の端をゆるめると、小一郎も笑みを浮かべた。

「旦那、話がややこしくなりましたね」

表に出てから音松がいった。

「うむ」

「森川の殿様の見張りはどうします？」

「それをいま考えているんだ」

伝次郎はゆっくり歩きだした。おこうと紀兵衛が仙五郎殺しを企んだという、たしかな証拠はない。また、森川又右衛門が仙五郎殺しの下手人だという証拠もない。

しかし、二つとも可能性はなきにしもあらずだ。

「とりあえず、明日は広瀬さんの指図にしたがうが、頃合いを見計らって森川殿の見張りをしてみよう」

「森川の殿様のことを、広瀬の旦那には話しませんでしたね」

「話してもよかったが、中途半端なことはいえない。それに広瀬さんの調べを混乱させるだけだ。はっきりするまでは黙っていていいだろう」

「なるほど……でも、旦那」

音松が顔を向けてくる。提灯を持っていないので、月あかりが頼りだった。音松のまるい顔はそれでも黒かった。

「なんだ？」

「いえ、やっぱり旦那はこういう調べになるとそつがありません。昔に戻ったような気がします」

「茶化すんじゃねえ」

「ほんとですよ」

音松は嬉しそうに歩く。

伝次郎は自分の長屋の路地口で、音松を見送ったが、ふとおしげのことが気になった。家に帰るのをあとまわしにして、様子を見に行った。おしげの家には、かすかなあかりがある。

訪ねて、森川又右衛門との間柄を聞いてみようかと思ったが、すぐにきびすを返した。

もし、又右衛門が下手人なら、今日のいまおしげを刺激するのは得策ではない。やはり、又右衛門を見張るのが先だ。

三

（いったいこんな大金をどうやって……）

おしげは巾着袋から取りだした金を見て、目をみはっていた。

それは仙五郎の持ち物を整理しているときに、行李《こうり》の底にあった。その巾着は、晒《さらし》で幾重にも巻かれていた。重いので、ほどいてみると巾着が出てきて、そして大金があらわれたのだ。

二分《ぶ》金と一分金ばかりで、十九両あった。

(なぜ、こんな金を……)

おしげはぼんやりした目を宙に据えた。仙五郎には稼ぎのほとんどをわたしていたが、蓄えができるほどの金はなかった。ほとんどは飲み食いや家賃で消えていたはずだ。

(博奕……)

ときどき、今日はツキがあって稼げたということもあったが、ほとんど負けていたはずだ。それに、勝ったときは機嫌がよく、気前よく使っていた男だ。

「なにいってやがる。江戸っ子は宵越しの金なんざ持たねえんだ」

そんなことをよく口にしたものだ。

だから、博奕の稼ぎを蓄えていたとは考えられない。それとも、案外しっかりしたところがあって、わたしの稼ぎをこつこつ貯《た》めていたのだろうか……。

あれこれ考えたが、金の出所《でどころ》はよくわからなかった。

(だけど、これはわたしのものなんだね)

おしげは散らばっている金を集めて、巾着に戻した。ひどい男だったけれど、詫びの印で残してくれたのだと、受け止めればいいだけのことだった。誰も文句をいう人はいない。

その日、おしげは仙五郎が残した着物や帯、煙管、煙草入れなどを売りに出していた。おかげで手許には二両少々の金があった。それにくわえて、十九両という大金の入った巾着を見つけたので、都合二十一両少々手許にある。

引っ越しの費用にも、当面の暮らしにも困ることはない。

おしげは、ふっと、安堵の吐息をついた。やっとひとりになれた、自由になれたという思いが強い。

こうなってしまうと、仙五郎に騙されたのも悪くなかったのかもしれない。知り合って一年半ほどだけれど、思い返してみると長いようで短い月日だった。地獄のような毎日もあったけれど、すべては過ぎたことである。

これからは男には気をつけなければならない。二度と仙五郎のような男には出会いたくない。それにしても、極楽から地獄に突き落とすような性悪《しょうわる》な男だった。

いままで機嫌がよかったかと思えば、急に怒りだし、わけもわからず怒鳴られて、殴られた。それでも商売のことを考えて、極力体に障らないように殴ったり蹴ったりした。

むろん、怪我をしなかったわけではない。かすり傷や、蚯蚓腫《みみずば》れが、体の至るところにできた。

しかし、怒りの嵐が過ぎると、子供のように額をすりつけて謝り、泣き落とす。その繰り返しだった。

一時は幸せというものを味わわせてくれはしたが、あとは辛い地獄のような毎日だった。それでも、離れることができずに、仙五郎が機嫌を悪くしないように、媚《こ》びを売るようなこともした。それは、ただ怖かったからだ。

「わたしはあの男が、ほんとうに怖かった」

声に出してつぶやいたおしげは、ふっと片頬に笑みを浮かべた。

(でも、もう、あの男はいない)

その実感がやっとわいてきたのだった。

これから先は高望みなどしないで、小さな幸せを見つけたいと思う。そして、決して悪い男には騙されない。男には注意をしなければならないと、自分にいい聞かせた。

行灯の芯がジジッと鳴った。

油が少なくなっているのだった。足してもよかったが、おしげはそのまま放っておくことにした。

明後日にはこの家を出てゆく。それですっかり仙五郎と縁が切れる。この家に染《し》みついている仙五郎の匂いも嗅《か》がなくてよくなる。

おしげは明後日を待ち遠しく思いながら、頰に微笑を浮かべた。そのとき、行灯がすうっと消えて、家の中が暗くなった。

四

広瀬小一郎の手まわしは早かった。

翌朝、伝次郎と音松が松井町の番屋に行ったときには、すでにおこうと小倉屋紀兵衛の似面絵ができていた。それには人相書も添えられていた。

もっとも似面絵は版画にして刷る時間はないので、かぎられた枚数しかない。伝次郎と音松は、その似面絵を食い入るように見て、頭にたたき込んだ。

おこうは小柄で目鼻立ちがはっきりしている。口は小さいが、唇はぽってり厚みがあった。小倉屋紀兵衛は細身の男で、鼻筋が通り顔の造作がよい。さらに色白だというから、役者にしてもいいくらいの男前だ。

おそらく傍目にはお似合いの仲に見えるだろうが、互いに浮気しあっている男女である。

「二人は知り合いを頼るかもしれねえ。おれはおこうのほうをあたってみる。伝次郎、おぬしと音松は小倉屋紀兵衛をあたってくれるか」

小一郎は伝次郎が探索のすべを知っているので、細かい指示はしない。

「承知しました。それで、小倉屋の奉公人や女房は、紀兵衛とおこうの間柄を知ってんですか？」

これは大事なことだ。

「知らないはずだ。名取屋の亭主も同じだ。やつらが、下手人に関係していなかったら余計なことになる。だが、二人の行き先を調べるのに手間取るようだったら、頃合いを見て話すつもりだ」

「わかりました」

「なにかわかったら、この番屋に知らせてくれ。さ、行くぜ」

小一郎は道役の善太郎を連れて颯爽《さっそう》と歩き去った。もうひとりの道役・甚兵衛は、小倉屋を、小者の八州吉は、名取屋を見張っているということだった。

伝次郎は大橋をわたりながら、朝日を受けた大川を眺めた。早くも荷舟や猪牙舟が行き交っていた。しばらく舟を離れているので、妙な感慨があった。

早く船頭稼業に戻りたいという思いが胸をよぎるのだ。これほどまで、船頭という仕事にのめり込むとは思わなかったが、人生とはわからないものだ。

橋をわたると両国広小路を歩いた。まだ早い朝のうちなので、広小路は閑散としていた。茶店が店を開けているぐらいで、筵掛《むしろか》けの小屋も矢場《やば》もひっそりしている。大道芸人や物売りの姿も見られなかった。芝居小屋に立てられたいくつもの幟《のぼり》が、夏を迎えようとしている青い空に映えている。

横山町三丁目の糸物問屋・小倉屋は、表通りに面していて、立派な構えだった。間口六、七間はあろうか。暖簾はかけられていないが、若い小僧が店の前を掃き掃除していた。

「沢村さん……」

見張りをしていた甚兵衛が、どこからともなく駆け寄ってきた。

「変わったことは……」

伝次郎の問いに、甚兵衛は首を振った。

「紀兵衛が帰ってきた様子もないってことか」

伝次郎は独り言のようにいって、小倉屋を眺めた。

「どうします？　旦那のお指図があったのでは……」

「うむ。甚兵衛、おまえは店の裏を見張ってくれるか。音松、おまえは表を頼む。おれは話を聞きにいってくる」

二人がわかりましたと応じると、伝次郎はそのまま小倉屋を訪ねた。

店に入るなり、帳場に座っていた男が、まだ開店前ですが、と丁寧にいってきた。

小袖に前垂れ、素足という身なりから手代だとわかる。番頭だと、羽織を着け足《た》袋《び》を履いている。

「いや、この店の主・紀兵衛について聞きたいことがあるだけだ」

「お侍様は……」

手代は訝しそうな顔をした。

「町方の手伝いをしている沢村というものだ。あやしいものじゃない。主はいるか？」

いないとわかっていても、わざと訊ねる。

「いえ、いまは……」

手代は言葉を濁して困った顔つきをした。すると、奥から女の声が聞こえてきた。

「誰かみえてるのかい」

「あの、沢村様という方が、旦那さんのことで聞きたいことがあるそうなんです」

手代が返事をすると、奥から丸髷に緋鹿《ひが》の子《こ》、斜め模様の手綱《たづな》染めの帯を締めた女があらわれた。三十半ばの大年増だ。

「おかみか……」

そう訊ねると、「さようです」というので、伝次郎は手代に名乗ったことと同じことを口にした。

「なにか、込み入ったお話でもあるのでしょうか。とにかくおあがりください」

おかみの名は、お春《はる》という。これは前もってわかっていたことだ。

「亭主のことでしたら、昨日、番頭のほうから、広瀬様という御番所の旦那に話してありますが……」

小座敷で対座すると、お春が先にいった。

「聞いている。金を持って行方をくらましているそうだな。それとも、もう帰ってきたのだろうか？」

伝次郎はちらりと奥の部屋に目を向けた。

「帰ってはきてませんよ。困ったことで、ときどき雲隠れするんです。店のことをおっぽり出して、どうにもしようのない人です」

「すると、めずらしいことではないと……」

伝次郎は意外に思った。紀兵衛は家を空ける常習犯なのだろうか。

「ときどき仕事に嫌気《いやけ》が差す人なんです。店が傾かないのはしっかりした番頭のいるおかげなんですけど、まったく困ったことです」

お春は言葉ほど困った顔はしていない。

「それじゃ行き先がわかっているのではないか」

「さあ、どうでしょう。向島の寮《りょう》にいればよいでしょうが、大方女の尻を追いかけて、その女の家にもぐり込んでいるかもしれません」

伝次郎は眉宇をひそめた。浮気を公認している口ぶりである。小一郎からはこんな話は聞いていなかった。小一郎の聞き込みの相手が、番頭だったせいかもしれない。

「すると、おかみは亭主の女を知っていると……」

「いいえ、知りません。知ったところで、あの人の病気が治るわけじゃありませんし、いまさら焦《じ》れるような真似もしたくありませんから、黙っているだけです。もっとも女がいるという証拠があるわけでもないんです。ただ、こんなことは女の勘でわかるもんなんです。殿方というのは、結構鈍感ですから」

お春は自嘲的な笑みを浮かべて、茶を淹れてくれた。さばけた女だ。

「すると、向島の寮にいるかもしれないのだな」

「どうかわかりませんけど……。でも、いったいなにがあったんです。昨日も今日も亭主のことでお訊ねがあるとは……。まさかあの人が悪いことでも……」

急にお春の顔に不安の色が刷《は》かれた。

「じつは本所のほうで殺しがあったんだが、この店の亭主の知り合いかもしれないのだ。それで話を聞きたいと思ってな」

「殺しですか」

お春は目を見開いて、まあ、怖いこと、とつぶやいた。

「そうだ。亭主は糸物商の傍《かたわ》ら金貸しをやっているな。このこと他言無用に頼むが、その客の中に、疑わしいものがいるかもしれぬのだ」

「まあ」

驚くお春に、仙五郎が殺された晩に紀兵衛がどこにいたかを訊ねたが、所在ははつきりしていた。また、お春の言葉や表情にも偽りは感じられなかった。

「向島の寮を教えてくれるか」

五

甚兵衛を向島にある小倉屋の寮に走らせた伝次郎は、音松といっしょに森川又右衛門の家の見張りを開始した。周辺は武家屋敷だけなので、見張場に難渋するが、玉池稲荷の参道をうまく利用することができた。

「向島にいますかね」

音松が通りを見ながらいう。

「さあ、どうだろう」

応じる伝次郎は、もし小倉屋紀兵衛とおこうが向島の寮にいたなら、甚兵衛に小一郎へ知らせるように指図していた。小一郎の調べで、紀兵衛とおこうが画策して仙五郎を殺したことが判明すれば、一件落着となる。

だが、まだそれはわからないことだ。森川又右衛門への疑いは消えていない。

稲荷社の境内《けいだい》のどこにいるのかわからないが、鶯が清らかな声でさえずっている。

近所の町屋のものが数人、参拝に来て帰っていった。また、はす向かいの屋敷から出てきた侍が、中間を連れて詣《まい》りにも来た。

そのたびに、訝しげな顔をされたが、伝次郎と音松はなにくわぬ顔をしてやり過ごした。

日は徐々に高くなり、空には鳶が舞っていた。

森川又右衛門の姿を見たのは、見張りをはじめてから一刻ほどたってからだった。門から出てくると、のんびりした顔であたりを見まわし、そして空をあおいで再び門内に消えていった。

髷はきれいな銀髪で、ちゃんと櫛目《くしめ》が通っていた。楽な着流し姿で、年齢的なものか少し猫背だったが、足取りはちゃんとしていた。その姿を見たとき、伝次郎は首をかしげたくなった。

（刀が振れるか……）

人を斬るには老いすぎている気がしたのだ。

しばらくして、女が出ていった。おふくという飯炊きだ。それから庄助という中間もすぐに姿を見せた。

庄助は南にある町屋のほうに歩き去り、すぐに引き返してきて屋敷の中に消えた。おふくもほどなくして、風呂敷包みを抱えて帰ってきた。二人は使いに行っただけのようだ。

「旦那、森川の殿様はずいぶん年ですね。あれで人が斬れますかね」

音松も伝次郎と同じことを感じたようだ。

「うむ。ちょいとわからぬな」

そういう伝次郎は、見当ちがいではないかと思いはじめた。

それからまた半刻が過ぎた。

向島の小倉屋の寮に走った甚兵衛は帰ってこない。

鶯は相変わらずさえずっていた。


「旦那」

音松が低声《こごえ》に緊張を含んで注意をうながした。

伝次郎も気づいていた。なんと、おしげがやってきたのだ。森川家の門前で、一度訪《おとな》いの声をかけ、それから屋敷内に入っていった。

伝次郎と音松は顔を見合わせた。

「どういうことでしょう」

音松がいう。

「わからん」

伝次郎はそういったが、おしげと又右衛門にはただならぬつながりがあるのかもしれない。

又右衛門は少なくとも一年はおしげを贔屓にしている。おしげが池田屋の酌婦をやめると、東両国の水茶屋に移ったおしげを追いかけるように通っている。単なる関係ではないはずだ。

目の前の通りは閑散となった。武家屋敷への出入りもない。大きな風呂敷を背負った行商人が通り過ぎただけだ。

「甚兵衛は遅いな」

伝次郎はおしげのこともそうだが、小倉屋の寮に行った甚兵衛のことも気になっていた。

「ひょっとして、二人がいたのでは……」

もし、そうなら小一郎が紀兵衛とおこうの調べをしているはずだ。

おしげが又右衛門の屋敷を出てきたのは、たっぷり一刻後であった。来たときとはちがい、おしげは門から出る際、通りに注意の目を向けた。また、やってきた道を戻るときも、警戒するように一度振り返った。

「音松、おしげを尾《つ》けてくれ。どこへ行くか気になる」

「どこで落ち合います」

伝次郎は少し考えた。

「もし、おしげが逃げるようだったら、松井町の自身番に押し込めるんだ。家に帰ったら、そのまま見張れ」

「承知しました」

音松はそのままおしげを追いかけていった。

ひとりになった伝次郎は、又右衛門の家を見張りつづけた。

町娘がやってきて玉池稲荷の本堂で鈴を鳴らして、手をたたく。参拝を終えると、軽く伝次郎に会釈をして帰っていった。

伝次郎は甚兵衛が戻ってこないのが気になった。

(なにかあったのか)

いやな胸騒ぎを覚えた。もし、紀兵衛とおこうが仙五郎を殺す計画を立てた張本人なら、人を雇ったはずだ。紀兵衛に剣術の覚えがあるとは思えない。

そして、二人に雇われた男は刀を使える。そうでなければ、一太刀で仙五郎を斬ることはできない。下手人が、紀兵衛とおこうといっしょなら、甚兵衛に危難が襲いかかっているのかもしれない。

そんなことは考えたくなかったが、どうしても悪いほうに思考が走ってしまう。

伝次郎は少し焦りはじめた。無駄な見張りをやっているのかもしれない、という不安も募ってきた。

それから、しばらくたったときだった。又右衛門が屋敷門を開けて出てきたのだ。今度は着流しではなく、羽織姿だった。腰に大小を差している。

中間の庄助に見送られると、伝次郎が見張場にしている玉池稲荷に近づいてきた。

(まずい)

参拝をするかもしれないと危惧《きぐ》した。又右衛門が近づいてくると、伝次郎は本堂のほうへ歩いた。背後に神経を配る。又右衛門は通り過ぎたようだ。

伝次郎はすぐさま表通りを見ることのできる場所まで戻って、又右衛門の後ろ姿をたしかめた。そのまま尾行を開始する。

六

又右衛門は角を右に折れると、そのまままっすぐ進んだ。ときどき、町屋のものが頭を下げて挨拶をする。又右衛門も気さくに言葉を返しているようだ。

やや腰の曲がった猫背だが、足運びに乱れはなかった。豊島町《としまちょう》を通り抜け、柳原通りに出た。左は土手道、右は小さな古着屋が軒をあらそうように並んでいる。

日が高くなった分、人通りは多い。伝次郎は気づかれない距離を保って尾けつづけた。尾行には年季が入っているので、気づかれてはいないはずだ。

又右衛門の銀髪髷が春の日射しを跳ね返している。散策するようなのんびりした足取りである。

(どこへ行くんだ)

胸中でつぶやく伝次郎は、また自分は無駄なことをしているのではないかと不安になった。自分の立てた仮説はまったくちがうのかもしれない。

又右衛門は両国広小路の雑踏にまぎれた。だが、伝次郎は見失うことはない。広小路は早朝と大きく様変わりしていた。人の数が増え、大道芸人も行商人も多くなっている。矢場や芝居小屋も開いているし、広小路に面した商家や料理屋も暖簾をあげていた。

又右衛門は大橋をわたりはじめた。橋の上は往来が多い。侍に行商人に僧侶に子連れの女など……。

たおやかに流れる大川が春の光にきらめいている。

又右衛門は橋をわたると、東両国広小路を抜けて竪川の河岸道に出た。それからしばらく行った、相生町二丁目にある茶店の床几に腰をおろした。

伝次郎は近くの煎餅屋《せんべいや》に入って、様子を窺った。又右衛門はのんびり顔で、目の前の竪川や対岸の町屋を眺めては、茶を口に運んでいた。

人を殺すような老人には見えない。遠目ではあるが、人生を達観した顔つきだし、その佇まいは鷹揚《おうよう》な雰囲気を醸《かも》している。

(品《ひん》のある老人だ)

そんな老人が女郎まがいのおしげを贔屓にしているのがわからない。

又右衛門は小半刻ほど休んでから腰をあげた。そのまま竪川沿いの河岸道を辿り、左に折れて二ツ目通りに入った。伝次郎は十分な距離を置いて尾ける。

途中まで来て、おかしいと思った。このまままっすぐ行けば、仙五郎が殺害された御竹蔵の裏に出る。

偶然なのか……。

(いや、ちがう)

否定する伝次郎は、又右衛門の今日の外出に意図を感じた。

又右衛門はおしげの訪問を受けている。しかも、おしげは一刻も又右衛門の家にいた。その間、二人がどんなやり取りをしたかわからないが、おそらくおしげは自分や小一郎のことを話しているだろう。

又右衛門は理知《りち》に長《た》けていそうだ。おしげや自分に疑いがかかっていると、感じ取ったのかもしれない。そうであれば、又右衛門は様子を見るために、わざと出歩いているのかもしれない。

いや、きっとそうだ。伝次郎は又右衛門の家に仕える庄助に会っている。そのとき、仙五郎が殺された日のことを訊ねている。当然そのことは又右衛門の耳にも入っているはずだ。そして、今日はおしげの訪問を受けた。

本所方御用屋敷を過ぎてすぐのことだった。又右衛門が左の道に姿を消したのだ。そこは榛木馬場《はんのきばば》である。しかし、馬場つづきに稲荷神社がある。

（もしや、そこか……）

又右衛門は新番組にいた男だ。この馬場で馬の鍛錬を行っていたのかもしれない。

伝次郎は榛木馬場を横目で、注意深く窺いながら通り過ぎた。

又右衛門の姿はなかった。

馬場の北側には御竹蔵の屋敷を隔てる堀が流れている。そして小高い土手があり、そこに馬場名の由来である榛木が植えられている。

榛木は早春に赤紫色の花を開くが、いまはその花は落ち、青い新葉をつけはじめていた。その高木の影が土手道から馬場の塀にのびていた。

伝次郎は馬場を過ぎたが、すぐに引き返した。やはり、又右衛門の姿が消えている。土手下の道に人の影はない。

（おかしい）

そう思って、土手下の道に足を進めた。人の気配を感じたのはすぐだ。ハッとなって、刀の柄《つか》に手をやった。伝次郎は一本差しである。

「やはり、そうであったか」

声とともに、榛木の陰から又右衛門があらわれた。総身《そうみ》に殺気をみなぎらせている。

「外出は誘いであったか……」

伝次郎はつぶやいた。又右衛門はゆっくり近づいてくる。白眉の下にある目は鋭いが、顔は土気色《つちけいろ》だ。

（病んでいるのか……）

そう感じた。

しかし、いまは腰の曲がった猫背ではなく、すうっと背筋が伸び、体がひとまわり大きくなったように見える。

「仙五郎のことはどこまで調べられた？」

「なにゆえ、そのようなことを……」

「しらばくれなくともよい。わしを尾けたのは、故《ゆえ》あってのことであろう。やくたいもないことをいわなくてもよい」

「すると、仙五郎の一件は……」

伝次郎は言葉を切らざるを得なかった。又右衛門が思いもよらぬ早業《はやわざ》で抜刀するなり、斬りかかってきたからだった。

伝次郎は下がってかわしたが、又右衛門は間合いを外されまいと、二の太刀三の太刀と、矢継ぎ早の斬撃《ざんげき》を送り込んできた。

老人とは思えない敏捷《びんしょう》な動きだった。機先《きせん》を制された伝次郎は防御一辺倒だった。右から斬りさげられてきた一撃を、かろうじて摺《す》り落とし、さらに逆袈裟に振りあげられた斬撃を外すために下がった。そこへ、電光の突きが送り込まれてきた。

伝次郎は右へ飛んでかわすと、ようやく自分の間合いを取り、青眼《せいがん》に構えた。

「なにゆえ、斬りにくる」

「…………」

又右衛門は答えない。肩が小さく上下している。早くも呼吸が乱れているのがわかる。

伝次郎はすり足を使って右にまわった。同じように又右衛門も剣尖《けんせん》を追いながら体を動かす。

辺りがすうっと暗くなった。雲が日を遮ったのだ。榛木の影も消えた。静かだ。鶯の声がなければ、おそらく又右衛門の息づかいしか聞こえないだろう。

「森川殿、刀を引くんだ。斬り合いをする気はない」

伝次郎は間合いを外していった。だが、又右衛門はその間合いをすぐに詰めてきた。

「無駄なことを……」

伝次郎は斬りかかってくる又右衛門の刀を跳ね返して下がった。

「もはやこうするしかないのだ」

又右衛門は捨て身だ。死を賭《と》して斬りかかってくる。袈裟懸けに振られてきた刀を、伝次郎は鍔元で受けた。そのまま押し合うようににらみあう。

又右衛門は歯を食いしばり、柄頭に渾身《こんしん》の力を入れている。目は赤く血走り、土気色の顔が紅潮していた。

伝次郎は素早く下がろうとするが、又右衛門の剣は侮《あなど》れない。下がるのを見計らったように、撃ち込んでくるだろう。

鍔競《つばぜ》り合いをしたままゆっくり左にまわる。伝次郎は又右衛門より三寸は背が高いので、見下ろす恰好だ。

又右衛門の額に浮かんでいた汗が、頬をつたい、そして首筋を這った。伝次郎はかすかに汗ばんでいる程度だ。

先に動いたのは伝次郎だった。一度強く突き放すように押して、右に体をひねった。又右衛門はまっすぐ下がると予測していたらしく、そのまま突きを、目標のない宙空に送り込んだ。

その間隙《かんげき》をついて、伝次郎は刀の棟《むね》を返して胴を抜こうとした。

ところが、できなかった。老人とは思えぬ身のこなしで、又右衛門が伝次郎の刀を摺り落とし、すかさず上段から撃ちおろしてきたのだ。

伝次郎はハッとなった。油断だった。いつしか雲からあらわれた日の光が、又右衛門の体を縁取り、黒く見せていた。伝次郎はとっさに右に転がって逃げた。又右衛門がすぐに追いかけてくるが、最前の勢いはない。伝次郎は素早く立ちあがると、刀を右下段に構えて、間合いを詰めた。

相手を懐に呼び込む誘いの構えである。又右衛門の目に警戒の色が刷《は》かれた。足が止まる。どこかで、鶯が高らかに鳴きはじめた。

又右衛門のすり足にためらいが見えた。体が左右に揺れ、血走った目から闘争心が消えてゆく。

伝次郎は下げていた刀をゆっくり上げて、脇構《わきがま》えの姿勢を取った。と、そのとき、又右衛門の体が地に沈んだ。両膝をつき、ついで両手を地につけた。

「わしは死んでもよいのだ。斬れ。斬ってくれ」

そういった又右衛門は、ぜえぜえとあえぐように激しい呼吸をした。伝次郎は刀を下げた。

「わしの命は長くない。そなたに斬られれば本望《ほんもう》だ。たいした腕だ。まいった。わしの負けだ。こうなったからには潔く斬られて息絶えるまで……。さあ、斬るがよい」

「……なりませぬ」

伝次郎は憐憫《れんびん》のこもった目を又右衛門に向けた。

「詳しい話を聞きたい」

さっと顔をあげた又右衛門と、伝次郎は短く見つめあった。

「仙五郎を斬ったのはあなたですね」

短い間があった。

頭上の榛木が風に揺られて、新葉が小さな音を立てた。

「さようだ。ああするしかなかった。仙五郎は生かしておく人間ではなかった」

「わたしもそう思います」

又右衛門の目が驚いたように見開かれた。

「話を聞かせてもらえませんか。わたしは沢村伝次郎と申します。船頭を稼業にしていまして、町方の助をしているだけです。いえ、元は御番所の同心でした」

「なにィ……」

「観念して話をお聞かせください」

又右衛門は逡巡《しゅんじゅん》したが、

「わかった。腹は括った」

と、口を引き結んで立ちあがった。荒い呼吸は、まだ静まっていなかった。

「どこで話をする？」

伝次郎は自身番を避け、おしげの家で話を聞こうと思った。おしげの同席がよいと考えたのだが、もし留守なら自分の家に連れて行くつもりだった。

「考えがあります」

伝次郎は又右衛門をうながした。刀は取りあげなかったが、体を接近させ抜刀されないようにして歩いた。

七

おしげの家に近づいたとき、一方から音松があらわれた。又右衛門を見て、不思

議そうな顔をし、

「おしげは家に戻っています」

と告げた。

「広瀬さんは?」

「番屋です。おこうと小倉屋紀兵衛は、ちゃっかり向島の寮にいやがったんです」

「広瀬さんをおしげの家に呼んでくれ。他のものは立ち入らせたくない。その旨も伝えるんだ」

音松はなにか聞きたそうな顔をしたが、「早く行け」というと走り去っていった。

伝次郎はそのまま又右衛門を連れて、おしげの家を訪ねた。おしげは狐《きつね》につままれたような顔をして、目をしばたたいた。

「ど、どうしたんです?」

「まあ、話はこれからだ。邪魔をする」

伝次郎はおしげの驚きにはかまわずに、勝手に上がり込んだ。

「森川さん、いま広瀬小一郎という本所方が来ます。話はそれからです」

又右衛門は唇を引き締めたあとで、わかったと応じた。もはやすっかり観念の体《てい》だ。荒れていた呼吸はようやく収まっていたが、顔色はよくなかった。

「おしげ、なにもかも話すが、おまえはなにも知らなかったのだから、黙って聞いておればよい」

茶を淹れにかかったおしげに、又右衛門は釘を刺すようなことをいった。おしげは黙ってうなずいたが、伝次郎は二人が目を見交わしたのを見逃さなかった。

おしげが茶を運んできたとき、表に慌ただしい足音があった。ひとつではない。すぐに、戸が開けられ小一郎が土間に入ってきた。

「伝次郎、どういうことだ？」

「おこうと小倉屋紀兵衛は、この一件には関わってません」

「なにィ……」

目を剝く小一郎は又右衛門を見た。

「とにかくあの二人は、家に帰してかまいません。いま、そのことを話しますので……」

小一郎は納得できないという顔つきだ。伝次郎は立ちあがると、小一郎のそばに行き短く耳打ちをした。

小一郎はそれでやっと得心《とくしん》がいったという顔になり、表に控えている道役の甚兵衛に、

「番屋に行って、あの二人を帰してやれ」

と指図すると戸を閉め、伝次郎のそばに座って、又右衛門をにらむように見た。

「本所方の広瀬小一郎と申す。仙五郎を殺したのは、そなたにまちがいないか」

「わしの一存で始末した」

又右衛門は低い声で、はっきりと認めた。

「なにゆえ、仙五郎を斬らなければならなかった」

伝次郎は調べは小一郎にまかせることにした。おしげは部屋の隅に控えて、うなだれたように座っていた。

「話は長いが聞いてもらいたい。わしは見てのとおり、老いぼれの隠居爺《じじい》だ。そんな爺が、いたずら心を起こして、米沢町にある池田屋に遊びに行った。もちろん、どんな店であるか承知のうえだ。まあ、ひやかし半分でもあった。その席についてくれたのが、そこにいるおしげだった。わしは酌をしてもらい、世間話をするだけでよかった。すると、おしげは思いの外《ほか》聞き上手で、よくわしの話に耳を傾けてく

れた。少し尾ひれをつけて大袈裟に話すこともあったが、おしげは楽しそうに笑ってもくれた。それで、わしはおしげをいっぺんで気に入った。ところが、おしげには消せない陰が感じられる。そのうち、わしはおしげの話を聞くようになった」

それはおしげの辛い境遇だった。生まれてからこの方、幸せを味わったことのない女だと知るのに、時間はかからなかった。親に捨てられるように売られた品川の飯盛り旅籠で受けた冷たい待遇。より所のないおしげはあえぎ苦しんでいた。

「寄る辺《よべ》ない気持ちをどうすることもできなかったのだね」

同情するようなことをいうと、おしげは目に涙をためてうなずいた。狭い客間に、窓から入る秋の夜風と、虫の声があった。

「口減らしのため女衒《ぜげん》に売り飛ばした両親も早くに死に、頼る人もすがる人もできなかったというわけか」

「人並みの暮らしをしたくても、生まれつき、そんなことのできない女なのだと思っていました。でも、仙五郎さんがそんなときにあらわれ、やさしくしてくれて……」

「救いの神だと思ったのだね」

「はい」

「そのときに、疑わなかったのかね」

「どことなく身なりの崩れた感じの人なので、注意しなければいけないと、少しは思ったのですけど、日を置かずやってきてはやさしくしてくれます。こんなところにいては、おまえは幸せってものを知らずに一生を送ることになる。おれを信じてついてくれば、きっと幸せにしてやると……。わたしはすっかり舞いあがったんです。簪《かんざし》や櫛《くし》を買ってきてくれて、よく似合うと嬉しそうに笑ったとき、ああ、この人についていこうと決めました」

「だが、話がちがったというわけか……」

又右衛門はため息をついて、慈悲深い目でおしげを眺めた。

「お殿様、また遊びに来てくれますか。そして、またわたしの悩みを聞いてくれますか」

必死に訴える目でおしげはいった。孫娘みたいな女にそんなことをいわれて、断れるわけがない。

それまでの話は、伝次郎が直接おしげから聞いたことと変わらなかった。

又右衛門はゆっくり茶を飲んでから、再び話しはじめた。

「わしはおしげの心の支えになってやろうと思った。それぐらいしかできない年寄りだ。また、悩みを聞いてやることで、おしげの心が少しでも軽くなれば、それはそれでよいと考えた」

おしげを訪ねるのは、月に三、四回であったが、毎回、おしげが悩みを打ち明けるわけではなかった。楽しそうにしているときもあるので、そんなときにはあえて、世の中の出来事や自分の身のまわりのこと、あるいは昔のことを話してやった。

おしげはそんなとき、黙って耳を傾けていた。面白いことをいえば、くすりと笑ったり、切ないことを話せば、目に涙をにじませたりもした。

心根のやさしい女だというのはよくわかった。楽しそうにしているときがあるので、

「今日はなにかよいことでもあったか？」

と、聞くと、

「今日の殿様は元気そうなので、嬉しいんです」

おしげはそう答えた。

「はて、それじゃいつも元気ではないと申すか？」

「ときどき無理をされているのがわかります。そんなときは遠慮すればいいんです。わたし、殿様がいつまでも元気でいられるようにお祈りをしています」

又右衛門は心を打たれた。そんなことをおしげが思っているとは知らなかった。

さらに、おしげは、

「回向院に願かけに行って、お守りをもらってきました。これを……」

といって、懐からお守りを出してわたしてくれた。又右衛門はそのお守りをじっと見つめた。自分の体調の悪さに気づいているのだと思った。

たしかに、医者にいわれていた。腎《じん》の臓を悪くしていると。薬は飲んでいるが、いっこうによくなる気配はなく、体力の衰えも顕著だった。

「わしのことを……」

驚いたようにおしげを見ると、こくりと頷いて笑みを浮かべた。

そのとき、又右衛門はおしげをこんな店ではたらかせるのをやめさせ、自分の家に引き取ろうと考えた。

「わしの家で女中をやってくれぬか。満足な給金は出せぬが、ここよりはましだと思う。考えてみないか」

「それは……」

おしげが躊躇《ためら》うので、又右衛門はよく考えてから返事をすればいいといった。

つぎに会ったとき、おしげはそれはできないことだといった。世話になりたいのは山々だが、仙五郎がいるので無理だと。そのときのおしげは、痛みに耐えるような陰鬱《いんうつ》な顔をしていた。

仙五郎に止められたのかと聞いたが、おしげは話していないといった。

「話せばどんなことをされるかわからないし、わかってくれる人ではありませんから」

「逃げてくれればいい。わしが匿《かくま》ってやる」

それもできないと、おしげは強くかぶりを振り、

「見つかったら怖い」

膝に置いた手を強くにぎりしめて、糸より細いような声を漏らした。

「その男といても、おまえは苦労をするばかりではないか。それでもよいのか

……」

「逃げられない。逃げられない……」

おしげはくしゃくしゃに顔を崩すと、そのまま突っ伏して涙を流した。又右衛門はその背中をやさしくさすりながら、心の内で誓った。

仙五郎という男と、縁を切らせなければならない。そうしなければ、おしげは食い物にされたあげく捨てられるだけだ。

又右衛門は機会を見て、仙五郎という男を調べることにした。遠くから眺めたり、気づかれないように近くで話を聞いたりした。

性根の腐りきった男だというのはすぐにわかった。

そんな男とおしげが添っていれば、悲しい場末の女で終わるだけである。ささやかでもよいから、女としての喜びや幸せを知ってもらいたいと心の底から思った。

しかし、仙五郎という人間を調べ歩いたのが弱っている体にこたえたのか、又右衛門は半月ほど床に臥《ふ》せった。その間も、おしげと仙五郎のことを考えつづけていた。

久しぶりにおしげに会いに行くと、

「しばらくみえなかったんで、どうなすったんだろうって、心配していたんですよ」

と、声を弾ませ、嬉しそうな顔をした。

又右衛門もおしげが元気そうなので安心したが、ふと腕の傷に気づいてどうしたのだと訊ねた。おしげはすぐに傷を隠して、なんでもない、そそっかしいことをしただけだといった。しかし、取り繕うおしげの言葉をそのまま真に受ける又右衛門ではなかった。


「わしは、見てのとおりの老いぼれなので、それまでおしげに触れたことはなかった。むろん肌さえ見たこともなかった」

又右衛門はもう一度茶を飲んで、短い間を取った。

障子越しのあわいあかりが、又右衛門の老顔を包んでいた。伝次郎も小一郎もつぎの言葉を待った。おしげはうなだれたように、膝許に視線を落としたまま座っている。

「その日、初めてわしはおしげに着物を脱げと命じた」

又右衛門はまた口を開いて、話をつづけた。

脱げといわれたおしげは戸惑った顔をした。しかし、断ることはできない。それがおしげの商売である。

「わかりました。それじゃ行灯を……」

おしげは行灯を消そうとした。

「ならぬ。そのままつけておけ」

「でも、いつもそうしていますから……」

「暗闇ではなにも見えぬ。ただ、眺めるだけだ。それだけだ」

おしげは逡巡したが、あきらめたようにゆっくり帯をほどき、着物を脱いでいった。襦袢《じゅばん》ひとつになると、後ろ向きになった。それからゆっくり襦袢が肩を滑り、足許に落ちてひとかたまりになった。

行灯のあかりを受けたその裸身は美しかった。

腰のくびれも、肉置《ししお》きもよかった。だが、又右衛門は目をみはった。太股のうしろに青い痣《あざ》が、背中には蚯蚓《みみず》腫れが残っていた。

「前を……」

うながすと、おしげはゆっくり又右衛門に正対した。泣きそうな顔をしていた。腕にも青い痣があった。膝には生々しいかすり傷。お碗型の乳房の脇は赤く腫れていた。

「ひどいことを……」

おしげは唇を嚙んでいた。

「いつもそうなのか。仙五郎にやられたのだな」

おしげはうなずいて認めた。

仙五郎はおしげの商売に障らないように、考えて打擲しているのだった。

「可哀想に。なぜ、もっと大事にしてくれぬのだ。おまえがいるから、あの男は生きていられるのではないか。それなのに、こんなひどいことを……」

又右衛門が着物を整えるようにいうと、おしげは静かに身繕いをはじめた。

「これほど痛い目にあっているとは思いもよらぬこと。なぜ、そんな苦しみに耐える。辛くないのか。いいや、辛いであろう、苦しいであろう、痛くてたまらないであろう」

身繕いをしていたおしげは突然、又右衛門の膝に顔を埋《うず》めた。そのまま泣きじゃくりながら訴えるようにいった。

「辛いです。毎日がいやでいやで、苦しくてたまりません。いっそ死んでしまいたいと思うこともあります。でも、わたしは逃げられないのです。どうして、こんな男といっしょになったのかと後悔しても、それはわたしが浅はかで不幸な女だからだと、思うしかないんです。逃げたい、別れたい、離れたい。……でも、怖くてできないんです。逃げれば、きっと見つけられて殺されます。あの男はそんな人間なんです」

又右衛門は泣きじゃくるおしげを宥めるように、いつまでも背中をなでていた。

「話はわかりました。それで仙五郎を斬ったのは森川さん、あなたなのですね」

小一郎が長い話に水を差した。

「さよう。そうしようと腹を決めたのは、おしげがわしの膝にすがりついて泣きながら訴えたときだ」

「仙五郎を殺そうと思ったことを、おしげには話したのですか？」

「いいや、一言も話してはおらぬ」

「では、森川さんの一存で……」

「いかにも。だが、体が思わしくなかったので、その時機を待つしかなかった。加減がよくなったのはつい先頃のことだ。その日、わしは仙五郎に会うことができた。やつは面食らった顔をしていたが、おしげを身請《みう》けするので、おまえに金を払うといった。やつは案の定吹っかけてきた」

仙五郎に会ったのは、垢離場《こりば》の近くだった。人に見られたくなかったので、又右衛門はさらに石置場《いしおきば》まで行って話をした。

「五十両じゃ安すぎますぜ。あれはおれの女房みたいな女ですぜ。つまるところ、人の女房を横取りするようなもんじゃありませんか」

又右衛門はその場で斬り捨てようかと一瞬迷った。しかし、垢離場の近くで人に見られていた。いまはまずいと逸《はや》る気持ちを抑えて、

「ならばいくら所望《しょもう》いたす」

仙五郎は又右衛門の身なりを品定めするように見てからいった。

「そうさねえ、まあ百五十両はいただかねえと間尺《ましゃく》に合わねえな。それが無理な

ら、この話はなしってことです」

「……よかろう。では、明日の夜、五つ（午後八時）にわしの家に来てくれるか。屋敷は御竹蔵の裏だ。わかりづらいから、その時刻に、南割下水の西詰めで待っていよう」

又右衛門は、このことはおしげに話すなといいつけた。

「もし、おしげが前もってこの件を知っていることがわかったら、金は返してもらう。よいな」

「へへ、そんなことならお安いご用です。それじゃ明日の五つですぜ」

翌日、又右衛門は約束の刻限より少し早く、榛木馬場に行って仙五郎がやってくるのを待った。仙五郎は約束を違《たが》えずにやってきた。

だが、又右衛門はすぐに手をかけることができなかった。人の目があったからだ。もっとも先方は又右衛門を気にも留めなかったが、そこは用心だった。

仙五郎は約束の場所で待っていた。遅れてきた又右衛門に、一言苦言を呈したが、すぐに金はあるのかと聞いてきた。

「ちゃんと用意してある。証文を書いてもらうので、ついてきてくれるか」

「どこへだって行きますぜ」

仙五郎は嬉々《きき》とした顔を向けてきた。

その瞬間、又右衛門は抜き様の一刀で斬り捨てた。

八

「そのとき、誰にも見られなかったのですね」

小一郎だった。

「見られなかった。遠くに提灯のあかりが見えたが、わしはそのまま歩き去った。辻斬りにあったと思われることを願いながら……。しかし、天の目は誤魔化《ごまか》せなかったようだ」

又右衛門は伝次郎を静かに眺めてきた。

伝次郎はその視線を外して、小一郎を見た。

「どうします？　森川さんは隠居の身とはいえ、立派な武士。御番所だけで片づけるわけにはいかないでしょう」

「いかにも」

町奉行所は幕臣や武士、僧侶の取り締まりはできない。

だが、小一郎は言葉を足した。

「しかしながら、町人を斬っているからには、御番所でも調べをしなければならねえ。まずは大番屋に場所を移して、あらためて詳しい話を聞きたい」

「待ってくれ」

又右衛門が遮った。

「わしは逃げも隠れもせぬ。すっかり腹はくくっているが、ひと晩待ってもらえぬか。遅かれ早かれ黄泉路《よみじ》を歩く身。屋敷に戻り最後の片付けをしたい」

「そうしてやりたいところですが、無理な話です」

「広瀬さん」

伝次郎は膝を動かして小一郎に体を向けた。

「森川さんは病んでおられます。それに、仙五郎は生きていても、世のために害あるばかりで益のない人間でした」

「なにをいいたい」

小一郎が目を細めて眼光を鋭くした。伝次郎は短い間を置いて、答えた。

「永尋《ながたず》ねにしてもらえませんか」

勇気のいる言葉だった。永尋ねとは、無期限の捜索をするという意味であるが、現実にはほぼ時効と同じである。

とたん、小一郎の白い顔が紅潮した。

「目こぼしをしろというのか」

ぎりっと奥歯を噛んで、伝次郎ににらみを利かせた。

「ここには仙五郎に騙され、いわば被害にあいつづけたおしげと、森川さんしか……」

「ならぬッ」

小一郎は強く遮ってつづけた。

「そんなことができるか。いくらおぬしの頼みでも聞ける話と聞けない話がある」

伝次郎は短く嘆息した。しかし、小一郎は言葉を足した。

「ただ、一度屋敷に帰ることを許そう。そのうえで大番屋に身柄を移す。そのために、爪印《つめいん》を採りたい」

小一郎は懐から半紙と矢立《やたて》を取り出すと、又右衛門とおしげに署名をさせ、それに爪印を捺《お》させた。小一郎は署名捺印《なついん》の前に、一筆書き添えた。

『右に偽りのなきことをこれに証左す』——

それを見た伝次郎は、小一郎の考えを読み取った。

「これまで聞いたことは、のちほど口上書として清書する」

半紙を丁寧にたたんで、懐に入れた小一郎は、静かに又右衛門を見た。

「では森川さん、お屋敷までお供つかまつりましょう」

日は西にまわり込んでいたが、表はまだあかるかった。二人の道役と小者、そして小一郎に挟まれる恰好になった又右衛門は、ずいぶん小さく見えた。伝次郎に撃ちかかってきたときと大ちがいだ。

「殿様、ひとつ聞かせてください」

去ろうとした一行に近づいて、伝次郎は声をかけた。又右衛門が振り返った。

「なぜ、わたしを斬ろうとされた？」

又右衛門は恥じ入るような笑みを口の端に浮かべ、

「死に際のあがきだ。あのとき斬られてもよかったのだが……」

といって、背を向けた。その後ろ姿には孤高の色があった。

一行は竪川沿いの河岸道を歩きはじめた。

伝次郎と音松、そしておしげは黙り込んだまま見送っていたが、突然おしげが駆けだした。

「殿様、殿様！　殿様ー！」

おしげは悲鳴じみた声をあげながら、空を両の手でかくように駆けた。

だが、又右衛門は振り返りもせず、黙々と歩きつづけた。伝次郎はおしげを追いかけて引き止めようとしたが、その前におしげは石につまずいて前のめりに倒れた。

それでも、上体をあげ、髪を振り乱したまま、

「殿様、殿様……」

と、悲痛な声を漏らしつづけた。

「無駄なことだ。さあ、立て」

伝次郎は人目も憚らず泣きじゃくるおしげに、手を貸して立たせた。おしげは遠ざかる又右衛門に目を向けたまま、しばらく嗚咽《おえつ》していた。

すでに又右衛門を連れてゆく小一郎らは、一ツ目之橋をわたり終えたところだっ

た。そして、町屋の角を曲がると、その姿は視界から消えてしまった。

一行を見送った伝次郎は、そばに立つおしげに顔を向けた。もう涙は止まってい
た。

「引っ越しは先延ばしだな」

かける言葉が見つからず、伝次郎はそんなことをいった。

「……仕方ありません」

おしげの引っ越しは、二、三日待てと小一郎にいわれていた。あらためての取り
調べのためである。

「ひとつ聞きたいことがある。おまえは殿様の家に呼ばれたことがあるのか？」

聞いたのはおしげが又右衛門の屋敷を知っているのが、不思議だったからである。

「はい、一度だけ。……殿様にうちで女中ばたらきをやらないか、と誘われて間も
なくのことでした」

「そうだったか……。それで今日はなにをしに行ったんだ？」

「引っ越しのことです」

「そのときおれのことや、仙五郎のことで広瀬さんらの調べを受けたことを話した

のだな」

「……はい」

おしげは小さくうなずいた。

伝次郎は遠くに視線を飛ばして考えた。おそらく又右衛門は、伝次郎が中間の庄助に会ったことで、危機を感じたのだ。そんなとき、おしげの訪問を受け、さらに危機感を募らせた。そこで、機転をはたらかせて、わざと自分を尾行させたのだ。

おそらく、さっき口にした又右衛門の言葉は、ほんとうだったのだろう。

——死に際のあがきだ。あのとき斬られてもよかったのだが……。

ひょっとすると、仙五郎殺しも自分に斬りかかったのも、死期を間近にした老人の諦念《ていねん》だったのかもしれない。伝次郎はなんとなくそんな気がした。

「明日か明後日には、広瀬さんから呼び出しがあるだろう。それまでは家で待つんだ」

伝次郎はおしげにいい聞かせると、そのまま家に帰した。

「旦那、どうするんです？」

音松が聞いてきた。

「どうもしやしねえさ。あとは広瀬さんにまかせるしかない。そうだろう」

「そうですね」

音松は物足りない顔をしたが、歩きだした伝次郎を追いかけるようについてきた。

九

「やはり、そういうことだったか……」

翌朝のことだった。伝次郎を道役の甚兵衛が訪ねてきて、又右衛門のことを報告した。

昨日、小一郎らは又右衛門を屋敷に立ち寄らせた。だが、屋敷に入った又右衛門は、奥の座敷に消えたままなかなか出てこない。

気になった小一郎が、中間の庄助に様子を見てくるようにいうと、しばらくして奥座敷から悲鳴があがり、顔色《がんしょく》を失った庄助がふらふらと戻ってきた。

又右衛門が切腹していたのだ。

「そういうことだったって、沢村さんわかっていたんですか……」

伝次郎は小太りの甚兵衛を眺めて、おそらく、といった。

「昨日、殿様は白状されたときに、遅かれ早かれ黄泉路を歩く身。屋敷に戻り最後の片付けをしたい、といわれた。もう、そのときに決められていたのだろう」

「なぜ、止めなかったのです」

「それは野暮のすることだ。広瀬さんもわかっていたから、一度屋敷に立ち寄るのを許したはずだ。それぐらいの思いやりがあってもいいだろう。殿様は悪人じゃなかった。そうではないか」

「まあ」

「そりゃ人を殺《あや》めたということはあるが、なにもかもお裁きで決着をつけることはないんだ。こういう終わり方もあっていいはずだ」

「はあ、まあそうかもしれませんが……」


その翌日の暮れ方に、おしげが伝次郎の前にあらわれた。

山城橋のたもとに舫っている老舟を手入れしているときだった。

「さっき、広瀬様に呼び出しを受けてきました」

「それで……」

伝次郎は首筋の汗をぬぐって、河岸道から舟着場に下りてきたおしげを眺めた。

「なにもいわれませんでした。殿様が自害され、仙五郎の身内からの訴えもないので、この一件は落着だといわれました」

「それで、おまえはなにか話したのか……」

おしげはゆっくり首を横に動かした。

(それでよかったんだ)

伝次郎は胸中でつぶやき、小さく息を吐いた。

「お願いがあるんです」

「なんだ?」

「行徳河岸まで乗せていってもらえませんか……」

伝次郎は手入れをしていた舟を見て、少し考えた。

「小網町《こあみちょう》に引っ越しをするんです。荷物は朝のうちに車力を雇って運んでもらっているので、わたしひとりが行けばいいだけなんです」

「いいだろう。だが、命がけで乗ってもらうぞ」

「えッ……」

「この舟は大分耄碌《もうろく》している。途中で引っ繰り返るかもしれねえ。それでよけりゃ乗りな」

「わかりました。では、命がけで乗せてもらいます」

真顔だったが、おしげにしてはめずらしい軽口だった。

伝次郎はおしげが足許を踏み外さないように手を貸して、舟に乗せた。それから雪駄を足半《あしなか》に履き替えて、棹をつかんだ。川岸を突くと、舟はすうっと川中に滑った。いつもと変わらない舟の動きだった。

山城橋、松井橋とくぐり抜けて、竪川に出るとそのまま大川に入った。日は西にまわり込んでいるが、すっかり日が暮れるまでにはまだ間があった。

伝次郎は川の流れにまかせて、ゆっくり舟を操った。下りは棹を少しさばくだけで、舟の進路を決めることができる。

「殿様は嘘をいわれました」

大川に入ってしばらくしたときだった。おしげがそんなことをいった。

「殿様はわたしに同情してくださっていました。話を聞いたり、わたしが悩みを打ち明けたりしたのはほんとうのことです。でも、仙五郎を殺してほしいと頼んだのは、わたしなんです」

おしげはそういいながら、まっすぐな目を向けてきたが、伝次郎はあらぬほうを眺めていた。

「ある日、殿様は仙五郎みたいな人間は生きているべきではない。そんな性悪《しょうわる》な男といっしょにいては、おまえの人生が台無しになる。人生はたった一度しかないのだから、よく考えろといわれました」

伝次郎は棹を返して、舟の進路を調整した。

新大橋が夕日を浴びていた。橋桁《はしげた》は、川の照り返しを受けて、あかるくなっていた。おしげは話しつづけた。

「ある日、殿様はあんな男はおまえのためだけでなく、世間のためにならないから、いっそのこと斬ってしまおうかといわれました。わたしはその言葉を聞いたとき、どきりとしましたが、殿様は真剣な眼差しをわたしに向けてこられたのです。そうするかと、問いを重ねられて……。あのとき、わたしはそうしてくれるなら助かると、胸の内で思いました。いいえ、そうしてもらいたいと、祈るような気持ちでした」

伝次郎の舟は新大橋をくぐり抜けた。先にある中洲に雑草が繁茂し、岸辺に白鷺《しらさぎ》の群れがあった。

「おまえはどうすると聞かれましたが、すぐに答えることができませんでした。ただ、仙五郎と別れられるならそれでいいとだけいいました。殿様はわたしの心の内を、あのときわかってくれたんです。あの日の前日です。わたしが仕事を終えて店を出たとき、どこからともなく殿様がわたしのそばにきて並んで歩きました」

伝次郎は棹をさばいて、舟の進路を調整した。

中洲にいた数羽の白鷺が、空に舞いあがった。白い体が朱色に染まった。しかし、逆光になると、白鷺は黒く翳った。

「殿様は明日、仕事が終わったら家に帰って、なるべく人目につくところにいろといわれました。できるなら知り合いを家に呼んで、茶飲み話をしろといわれました。とくに五つ頃に、わたしが人目につくところにいてほしいと。……それがどんな意味なのか、考えるまでもありませんでした」

「動かないで、しっかり縁につかまっていろ」

伝次郎は、おしげが腰をあげて近づいてこようとしたから注意した。すぐ先に永久橋《えいきゅうばし》が迫っていた。その奥には箱崎橋《はこざき》が見える。行徳河岸は箱崎橋の右手前である。

「あの日は、朝からそわそわと落ち着きませんでした。家を出るときも、仙五郎の顔をまともに見られませんでした。そして、仕事を終えて家に帰ったときには、仙五郎の姿はありませんでした。わたしは殿様にいわれたように、用もないのに買い物に出かけ、店の人と話をしたり、近所の子供たちに飴《あめ》を買ってやったりしました。それでも暇を持てあますので、湯屋に行って長湯をしました。家に帰ってきても落ち着きませんでしたが、もうそのころには仙五郎の命はなくなっていたんです」

「おしげ、もうすぐだ」

「わたしは嘘をつきました。下手人に心あたりはないかと聞かれて、なんにもないといったのです。殿様が仙五郎を斬るといわれたとき、わたしは黙っていました。口にこそしませんでしたが、わたしはそうしてくれと、目で訴えたのです」

「そこへつける。いいな」

伝次郎は舟をつけやすそうな場所を探して、そこへ舟を向けた。

「わたしは……」

「おしげ、話はもう終わりだ。それ以上はなにもいうな」

伝次郎はおしげを見つめた。

「……もう、終わったことだ。それに、もしおまえがいま騒ぎ立てれば、殿様の死が無駄になる。そうではないか」

おしげが見つめ返してきた。

「今度こそほんとうの幸せをつかむんだ。そうなるようにしっかり生きろ。おまえは長々と独り言をいっていたが、それは自分の胸にしまい込んでいればいい。おれはなにも聞いちゃいない」

おしげの両目に涙が盛りあがった。その涙は夕日に輝いた。

「さあ、気をつけて降りろ」

伝次郎は棹を使って舟が揺れないように押さえた。おしげは手拭いで涙を押さえて舟を降り、雁木に立った。それから小さな巾着を取りだして、受け取ってくれという。

「なんだ？」

「舟の弁償です。仙五郎の荷物を片づけているると、あの男の行李の底に隠してあったんです。わたしのものではありませんから……それに舟を壊したのは仙五郎ですから……」

おそらく仙五郎が名取屋の後添い・おこうから強請り取った金だろう。

「それは受け取れねえな。仙五郎のものだったら、それはおまえのものだ。おまえはやつに、ずいぶん貢いでいたんだ。その金を取り返したと思えばいいじゃねえか。さあ、日が暮れねえうちに戻らねえと」

そういうなり、伝次郎は棹を使って舟を岸から離した。あっという間に、おしげとの距離が開いた。

「幸せになれ」

もう一度いってやると、おしげは深々と頭を下げた。

伝次郎は暮れゆく空を眺めながら、大川を上った。川は衰えた日の中で、きらきらと輝き、黄金色に染まっていた。しかし、新大橋をわたる人影は黒く見えた。

夕凪《ゆうなぎ》だろう。風がない。川端の草木も揺れていなかった。

竪川に入ったときに日は没し、あたりには夕闇が降りていた。なんとなく人恋しくなる夕暮れだった。

(今夜は千草の店に行こう)

伝次郎はそう心を決めて、山城橋そばの舟着場に舟を舫った。久しぶりに自分の舟に乗ったが、まだ少しはもちそうだという感触を得た。だからといって、客を乗せようとは思わなかった。小平次にいわれた言葉が効いているのだ。

(すると、この舟の最後の客はおしげだったというわけか……)

決まりの悪い苦笑を漏らしたとき、河岸道に人が立つのがわかった。顔をあげて振り返ると、利兵衛と精次郎が立っていた。

約束していたことをすっかり忘れていたが、二人が目の前にあらわれたことで、思いだした。

「精が出ますな。今日はお仕事でしたか」

利兵衛がいつものにこやかな笑みを浮かべていった。

「そういうわけではないが……」

「例の段取りをご相談したいのですが、体はあいていますか」

伝次郎は鉢巻きにしていた手拭いをほどき、

「ああ、あいてる」

と、首筋の汗をぬぐった。

雁木に足をかけて、河岸道の上に広がる夕焼け空をあおいだ。伝次郎は利兵衛の相談が厄介ごとでなければいいが、と思いつつゆっくり雁木に上った。

光文社文庫


文庫書下ろし／長編時代小説

本《ほん》所《じょ》騒《そう》乱《らん》　剣客船頭《けんきゃくせんどう》(八)

著者　稲《いな》葉《ば》稔《みのる》

2014年1月20日　初版1刷発行

発行者　駒井稔
印刷　堀内印刷
製本　榎本製本

発行所　株式会社 光文社
〒112-8011　東京都文京区音羽1-16-6
電話 (03)5395-8149 編集部
8113 書籍販売部
8125 業務部





落丁本・乱丁本は業務部にご連絡くだされば、お取替えいたします。
ISBN978-4-334-76687-0　Printed in Japan





組版　萩原印刷

**お願い**　光文社文庫をお読みになって、いかがでございましたか。「読後の感想」を編集部あてに、ぜひお送りください。

このほか光文社文庫では、どんな本をお読みになりましたか。これから、どういう本をご希望ですか。

どの本も、誤植がないようつとめていますが、もしお気づきの点がございましたら、お教えください。ご職業、ご年齢などもお書きそえいただければ幸いです。当社の規定により本来の目的以外に使用せず、大切に扱わせていただきます。

光文社文庫編集部